멋지게
나이들자

秋空 이진재

멋지게 나이들자

[부록]
하나님 질문있어요!

생각나눔

늙음은

축복이다

내가 사는 동네에 당현천이 흐른다.

상계동 골짜기에서부터 중랑천으로 흘러내려 가는 길목에 있다.

작년부터 코로나에 잡혀 일상생활을 하지 못하는 사람들이 소풍 겸 걷기운동을 하러 나오는 코스이다.

모두 마스크를 쓰고 애완견을 끌고 나와 냇가를 걷는다.

곁에 자전거 도로도 있어 아이들과 젊은이들의 라이딩 코스이기도 하다.

나는 여름철엔 새벽 시간에 나갔고 봄가을에는 저녁 시간에 겨울엔 낮 시간에 나가 운동 기구를 이용해 운동하고 집으로 온다.

대략 1시간 남짓이면 내 나이에 맞게 운동을 하는 시간이 된다.

지난해는 코로나 19로 온 세계가 패닉상태에 휩싸여 지냈다.

그런 중에도 나는 3월에 '내가 행복한 이유'를 펴내었다.

물론 서점에 잠시 머물다가 잘 팔리지 않는다는 이유로 서점 뒷방으로 쫓겨났지만, 지인들은 온라인으로 구매했다고 한다.

코로나 시절 책방 나가는 것보다 오히려 나을 수도 있다.

이번에 펴내려는 책은 두 가지 소재를 다루었다.

첫째, 고령화 사회에서 멋지게 나이 드는 방법을 생각해 보았고,

둘째, 온 세계의 사회적 이슈가 되는 고질적인 유색인종 차별문제를 다루어 보았다.(부록)

일생을 차별받는 유색인종 이야기와 평생을 기아에 허덕이는 아프리카를 생각해 보았다.

이 모든 이야기는 코로나 19 시절로 한 해를 보내면서

주변에 일어나는 소소한 사건들을 통해 나의 견해를 얹어 보았다.

TV 방송에서, 내가 읽고 있는 책 속에서, 이웃 사람들의 일상에서

또 그로 인해 기억나는 나의 젊은 시절 추억에서 들추어 적었다.

처음엔 코로나 사태가 이렇게 오래 갈 줄 몰랐다.

잠시 지나갈 줄 알았는데 이제 우리의 일상 속에 깊이 뿌리 내리고

1년이란 세월을 버티고 있다.

그러나 이런 코로나에 계속 잡힐 수는 없다. 물러가라 코로나야!

세균과 싸우며 지쳐있는 사람들에게 읽을거리를 제공해야겠다.

그래서 그동안 나의 책을 만들어 준 도서출판 생각나눔에서 또 이 책을 만들게 되어 감사하고 있다.

먼저 다시 책을 낼 수 있게 인도해 주신 하나님께 감사한다.

그리고 늘 글을 쓰도록 격려해 준 큰아들과 책을 만들 때마다 열심히 표지를 만들어준 작은아들한테 고마움을 표한다.

2021년 봄날

수락산 자락에서 秋空

지구별

지구가 아픕니다
나도 아픕니다

지구가 말합니다
산들이 폭파되어 어깻죽지가 아프다고
골짜기가 무너져 가슴도 아프다고

또 지구는 말합니다
울창한 밀림이 훼손되어 숨을 쉴 수 없다고
땅속을 마구 파고들어 고관절을 다쳤다고

그리고
바닷속에 쌓이는 쓰레기 때문에 걸을 수 없고
인간들 등쌀에 몸살이 나서 죽을 지경이라고

그래서 지구는 많이 아픕니다
내 마음도 많이 아픕니다

들판에 뛰놀던 짐승들이 비명을 지릅니다
공중에 나는 새들도 보금자리를 잃었다고 슬피 웁니다
동물들 삶의 터전이 사라졌다고 대자연이 통곡합니다

아, 인간들! 왜 이러지요?
지구 위 자연이 살지 못하면 인간도 살지 못합니다
그러니 오래 산 우리 노인이라도 반성을 하자구요

더 이상 지구 아프게 하지 말고
몸살 병 치료해 주며 자연과 더불어 살아요
그래서 아름다운 지구별에서 멋지게 살다 가자구요

지구가 아픕니다
나도 아픕니다

차례

제3장 코로나 시대 즐거움

제4장 추억의 숲

부 록 하나님, 질문 있어요!

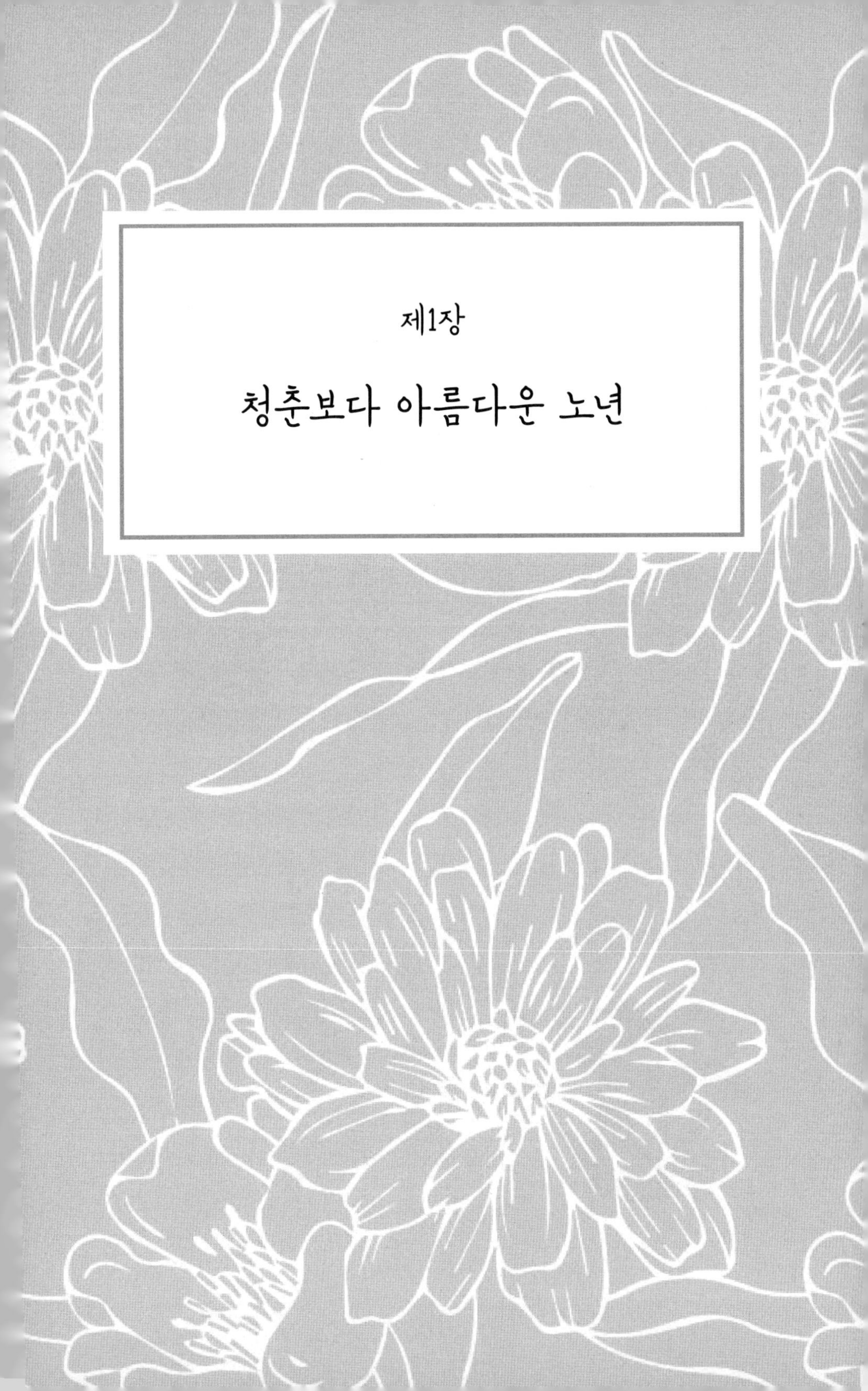

제1장

청춘보다 아름다운 노년

1. 내 나이가 어때서

1) 60년 만에 결혼한 캠퍼스 커플

얼마 전 TV 스타다큐 프로에 84세 여사장 이야기가 방송되었다. 3년 전 동창이었던 옛 연인을 만나 60년 만의 로맨스가 이루어졌다고 했다. 얼마나 아름다운 노년인가!

그러나 화제는 766억이나 되는 상가 건물을 우리나라 과학자를 길러 내는 카이스트에 기부한다는 사실에 초점이 맞춰져 있었다. 정말 대단한 사람, 그야말로 여장부였다.

“사업차 세계를 돌아다닐 때 공항마다 우리나라 S사 상품이 홍보되고 있는 것을 보고 가슴이 뿌듯하여 우리 과학자들도 노벨상을 탈 수 있어야지 않겠는가!” 생각했고

그래서 KIST에 거액을 아낌없이 기부하기로 한 것이다.

여사장은 K여고를 나와 S 법대를 거쳐 한때 경제신문사 기자로 활동하며 어머니의 권유로 사들인 소와 돼지를 주말에 가서 돌보았다. 주말농장의 목부가 되어 지낸 것이었다.

그러다가 80년대 언론 파동이 일자 농장에서 번 돈을 부동산에 투

자해서 돈을 벌게 되었고, 그 돈으로 백화점 빌딩을 사들이고 그것을 상가빌딩으로 용도 변경하여 세로 준 다음부터는 돈이 그냥 굴러들어 왔다고 했다.

물론 법대 동창들의 도움을 받았기에 여의도 큰손이 되었다고 친구들에게도 고마움을 표했다.

물론 여자의 몸으로 그렇게 큰돈을 모은 것과 그렇게 큰돈을 기부한 것도 중요하지만 나는 80평생을 혼자 살다가 대학 동창 연인과 60년 만에 만나 결혼을 했다는 점에 더 경의를 표하고 싶다.

남자 역시 80평생을 법조인으로 평범한 사회생활을 하다가 은퇴 후 옛 연인을 만나 고울 인 한 것이었다.

처녀 총각이 60년 만에 법대 캠퍼스 커플로 탄생한 것이다.

대학 때 연인이 60년을 각자 살다가 황혼기에 사랑의 꽃을 피우는 노부부가 어찌 청춘보다 아름답지 않을 소냐!

그동안은 자식이 없으니 언니의 자식들이 드나들며 외로움을 달래 준 것 같았다.

나 역시 학창시절 남자 친구가 있었는데, 그 당시 상황이 각자 따로 가정이 필요해서 결혼하고 말았지만 노후에 혼자가 되니 가끔 생각이 난다.

그때 계속 혼자 살았다면 좀 더 나은 캐리우먼이 되지 않았을까!

내 남자 친구는 대학 졸업하고 시골교회로 부임해 가는데 결혼하고 와야 받아 준다고 해서 서둘러 결혼을 하고 부임지로 내려갔다. 그때 우리 집 형편에 내가 따라갈 수가 없었다.

그리하여 나는 신부의 들러리 서는 걸로 아쉬움을 달랬다.

나는 8남매 막내로 부모가 일찍 돌아가시니 언니, 오빠네 얹혀 지내게 되었다. 그래서 별로 가고 싶지 않아도 올케, 언니한테 부담이 될까 봐 결혼을 해야 했다.

요즘처럼 여자 혼자도 독립해서 살 수 있었다면 그렇게 했을 것이다. 그 당시엔 남자도 아닌 처녀가 독립해서 혼자 산다는 건 꿈도 꾸지 못할 때였으니까.

그래서 노처녀가 지나 지쳤다 미스가 되어 교회 학생회 후배의 소개로 늦게 결혼을 하였다.

아마도 우리 둘이 환경에 밀려 결혼하지 않았다면 위의 커플처럼 황혼에 만나 학창시절 이야기로 꽃피우지 않았을까!?

2) 유니세프 대사 오드리 헵번

영화 '로마의 휴일', '사브리나', '전쟁과 평화', '티파니에서 아침을', '마이 페어 레이디' 등 많은 명화를 촬영한 오드리 헵번이 1989년 마지막 영화 '영혼은 그대 곁에'를 촬영한 후 은퇴하여 찾아간 곳이 유니세프 사무실이었다.

나이 들어서 할 일을 자원한 것이었다.

그리고 스스로 세계의 오지를 찾아다니며 봉사를 하였다.

특히 소말리아 방문 때는 '어린이에 구호의 손길'을 온 세계에 호소하였다. 1993년 향년 63세에 눈을 감기 전 자식들에게 이런 글을 남겼다.

아름다운 입술을 갖고 싶으면
친절한 말을 해라
사랑스런 눈을 갖고 싶으면
사람들의 좋은 점만을 보아라
네가 더 나이가 들면
손이 두 개라는 걸 발견하게 된다
한 손은 너 자신을 위한 것이고
다른 한 손은 다른 사람을 돕는 손이다

이 얼마나 아름다운 말인가!

사실 나는 오드리 헵번의 처녀 시절 찍은 '로마의 휴일' 영화를 보고 반해서 일생을 헵번의 팬으로 살았다.

대학 다닐 때는 헵번스타일 머리를 하고 다녔고 거기에 또 눈이 크다고 내 별명은 저절로 '오드리 헵번'이 되었다.

오죽하면 돈 벌어 '로마의 휴일' 찍은 장소 가보는 것을 목표로 삼기도 하였다.

그때 내 남자 친구는 '안네의 일기'를 쓴 안네의 눈같이 크다며 놀랍다고 내 눈 큰 것을 인정해 주었다.

그런데 온 세계 영화팬들을 즐겁게 해주고 또 나이 들어 전 세계 어린이들을 위해 헌신 봉사한 미녀 배우 헵번이 너무 일찍 세상을 떠나서 아쉬운 마음에 가슴이 짠했었다.

참으로 청춘보다 더 아름다운 삶을 살다 간 여인이었다.

나도 헵번처럼 이웃에 도움을 주는 사람으로 기억되도록 어려운 사람을 도와야겠다.

생각으로만 하지 말고 실천하도록 노력하자.

나이 탓하지 말고 좋은 일 많이 하자!

그리하여 죽는 날 감사하면서 잘 살고 간다고

인사하고 떠나자!

3) 늙음을 감사하자!

내 나이가 어때서?!

하며 살던 시절도 이젠 지나갔다.

이제 80줄에 들어서게 되니 늙음을 그냥 지나칠 수가 없다.

우선 몸이 말을 잘 안 듣는다.

아침에 눈을 뜨면 온몸이 무거워 일어서기가 힘들다.

디스크 협착증이란 증세가 두드러져 허리가 몹시 아프다.

그래서 누워서 하는 스트레칭을 하고 일어난다.

아직도 하고 싶은 일이 많은데 몸이 따라주질 않는다.

그리하여 나의 건강법을 개발 실천하고 있다.

새벽에 눈을 뜨면 감사기도를 한다.

"다시 새 날을 주시고 다시 살아서 숨 쉬게 해 주심을 감사드립니다. 또 눈을 떠 보게 하시고 귀를 열어 듣게 하시고 입을 열어 말할 수 있게 해 주시니 감사합니다.

무엇보다 걸을 수 있게 해 주셔서 감사합니다."

그리고 저녁나절엔 코로나 땜에 헬스를 다닐 수 없어 동네 당현천으로 나가 걷기운동과 기구를 이용한 운동을 하면서 한 시간 가량 야외활동을 한다.

그러면서 주변 친구들한테 걷기운동을 장려하며 먼 곳 여행은 못 해도 건강 챙겨서 국내여행을 다니자고 격려하기도 한다.

그래서 병나지 않고 늙으면 축복이다 다짐을 새로 한다.

그리하여 멋지게 나이 들자!

4) 늙기도 서럽거늘

어떤 부모의 자식 사랑 이야기가 언젠가 방송에 나왔었다.

모든 자식이 다 그런 건 아니지만, 어찌 그런 자식이 있을까?

▷ 예화 1 - 新 고려장

어느 겨울날 서울 고속터미널에 버려진 70대 노부부 이야기였다.

충청도에 있는 시부모의 고향 집을 큰며느리가 팔고 함께 살자고 하더니 집을 팔아 돈만 챙기고 시부모의 옷가지를 간단하게 꾸려서 고속버스로 서울까지 와 대합실 의자에 버려두고 큰며느리는 다시 그 버스를 타고 가버렸다.

그러나 CCTV에 모든 상황이 찍혀 며느리 행동이 잡혔는데도 완강하게 부인하는 며느리, 거기에 부모는 아들에 누가 될까 봐 침묵으로 일관하며 모른 체하였다. 자식은 부모를 버려도 부모는 자식을 못 버린다는 사연이었다.

노부모들이여, 죽을 때까지 집을 팔거나 떠나지 말자!

5) 마음의 회춘

늙어도 꿈은 있다.

어떠한 상황에 처하더라도 '멋을 즐길 수 있는 것'은 인간답게 살기 위한 권리라고 어느 노인 문제 연구가가 말했다.

그러자면 밝은색, 아름다운 색으로 늘 기분을 UP 시키자!!

여자 두 사람이 걸어간다.

젊은 여자 아름답고 늙은 여자는 더 아름답다.(휘트먼)

그렇다, 이제부터 회춘의 시작이다.

요즘은 70 넘어도 노인 축에 못 든다.

주변에서 하는 말이 동네 경로당엘 갔더니 8, 90 노인들이 많아서 아우 노릇 하며 온갖 시중 다 들고 부엌 설거지까지 하고 왔더니 어깨

허리가 아프다고 했다.

그리하여 난 처음부터 경로당엔 가지 않았다. 갈 시간도 없지만, 디스크 협착증이라 엎드려 하는 일은 할 수 없기 때문이다. 겨우 나 혼자 세끼 밥 끓여 먹을 정도로 건강한 편이다.

언젠가 양로원 들어간 친구가 "하루 세끼 밥걱정 안 해서 너무 좋다" 던 말이 생각난다.

그러나 나는 아직 건강하다 그래서 행복하다고 자부한다.

2. 늙음은 우주의 섭리다

우주가 생성되고 지구가 돌아가듯이 시간은 쉬지 않고 지나간다. 계속 흐르는 세월 속에 인간도 밀려 흘러간다.

그리고 세상을 살면서 순간순간 나름대로의 기적을 만든다. 그러나 시간이 잠깐이듯 인간 생활도 잠깐이다.

그리하여 나이가 들어가는 것은 자연의 섭리이다.

그냥 받아들여야 한다.

과거의 전통 규범이 무시되는 것을 노인들은 받아들이기 힘들어한다. 그래서 젊고 건강한 것을 부러워하며 부유한 것을 선호하면서 늙은 자신을 쓸모없고 가치 없는 인간이라 여기고 침울해한다.

그것을 극복해 보려고 운동을 열심히 하고 병원도 찾아다니고

화장에 신경 쓰면서 젊어지려는 할머니들이 많은데 그럴 필요가 없다. 아무래도 젊음의 생기는 회복할 수 없다.

그저 외모는 주름이 있어도 깨끗이 닦고 내면의 아름다움에 노력해야지. 또 지금 이 나이에 남은 세월을 어떻게 뜻깊게 보낼 것인지 생각을 해야 한다.

그리고 늙음이 축복이란 생각을 가져 보라.

1) 노인병

그런데 내 주변에 우울증이나 알츠하이머 그리고 파킨슨 같은 노인병 앓는 사람들이 나타나기 시작하였다.

그들은 자기의 병을 스스로도 알고 있었다. 아직 중증이 되지 않아 가끔 자기 정신이 돌아오기도 한다.

불면증이 우울증이 되고 치매증세가 알츠하이머가 되었다고 자기들이 말한다.

■ 우울증 ■

나이가 드니까 주변에 불면증에 시달린다는 사람들이 많아졌다. 불면증, 참 큰 고질병일 수 있다.

이 불면증이 심해지면 우울증으로 발전되게 마련이다.

사람에 따라 환경이 바뀌면 못 자고 잠자리가 바뀌면 못 자고 잠자는 시간을 놓치면 못 자고, 참 여러 가지 이유로 잠을 못 이루는 경우가 많다.

▷ **예화 1**

나의 가까운 친구 한 명은 불면증으로 고생을 하고 있다. 몇 해 전부터 수면 유도제를 복용하고 지냈는데 요즘 와서는 그것도 효과가 없어져 꼬박 밤을 샌다고 했다.

그래서 수면 유도 물리치료도 받고 수면제를 간간이 먹으면서 하루 서

너 시간을 자게 되었는데, 그래도 밤에 혼자 있으면 무서움증이 생겨 불면증이 심한 것 같다고 하여 이웃 동네 사는 아들이 한 주일에 4일 정도는 엄마 집에 와서 지내기로 했다고 한다.

그래도 아직 우울증으로 진전되지 않아 다행이었다.

▷ **예화 2**

또 나의 동네 친구 한 명은 혼자 사는 게 외로워서 불면증이 생기고 불면증이 심해 우울증이 되어 죽을 것 같다고 아파트 살림살이 모두 내버리고 노인들끼리 의지하며 사는 양로원으로 들어갔다.

우울증은 밤에 혼자 잘 때 외로움증이 심해져 발생한다.

그렇게 우울증이 심해지면 치매 증세가 될 거라는데 서둘러 양로원에 가서 한 달을 지나고 나니 제정신이 돌아왔고 또 한 달이 지나니 정상이 되어 웃으며 지난 시간을 이야기한다.

이 친구는 남편 없이 딸 하나 의지하며 살다가 딸이 일본으로 시집을 가게 되니 혼자 살아서 늘 외로워하였다.

우울증이란 병이 그렇게 심한 증세인지 그 친구 때문에 알았다. 아마도 뇌의 기능이 정지되어 있는지 자기의 소유물을 다 버려도 아까운 줄을 모른다. 그러다가 몇 달 지나서 완전히 정상이 되니까 버린 물건들 생각을 하며 아쉬워하였다.

정말 나는 감사하다.

'사랑하는 자에게 잠을 주신다'라는 성경 말씀대로 나는 주님의 사랑을 듬뿍 받은 복 많은 자라고 외친다.

보통 여행을 떠나면 환경이 바뀌어서도 그렇지만 잠자리가 바뀌어서 잠 못 이루는 친구들이 많은데 나는 룸메이트에게 미안할 정도로 잠자리에 들기만 하면 금방 코를 골기까지 하며 잘도 잔다.

불면증은 외로워서 생기고 우울증은 사람이 그리워서 생긴다.
이런 사람들은 가족이나 친구들이 공동생활을 해야 치유된다.
그런데 나는 혼자 지내도 외롭지 않다. 참 감사하다.
내 안에 주님이 동거하시기 때문이리라.

■ 알츠하이머 ■

치매의 일종이며 치매 환자의 75%가 알츠하이머 증세이다.
독일의 정신건강의학과 의사 알로이스 알츠하이머 박사가 발견해서 붙여진 병 이름이다.
질병 초기 증상은 이름, 날짜, 장소 같은 것이 기억에서 사라지는 단기 기억 상실증을 겪는다.
질병이 악화되면 혼란스러워 격한 행동을 하고 언어장애와 장기 기억 상실 등의 증상으로 진전된다.
결국, 신체의 기능이 상실되고 죽음에 이르게 된다.
알츠하이머병은 신경변성 질환으로 분류된다.
발병이 되어도 완전히 확인될 때까지는 많은 시간이 소요되어 진단이 내려지지 않은 채로 수년간 병이 진행될 수도 있다.

▷ **예화 3**

왕년의 스타 영화배우 윤정희 씨가 2009년부터 알츠하이머병을 앓아 딸도 알아보지 못할 만큼 심각하다고 했다.

세계적인 피아니스트 백건우의 아내로 40여 년을 행복하게 살았을 텐데, 또 알려진 대로 잉꼬부부로 살았을 텐데 어떻게 치매에 걸렸을까 의문이 들기도 한다. 겉으로 보이는 게 다가 아닌가 보다.

▷ **예화 4**

우리 동네 친구 중에 가끔 장소나 시간 날짜를 깜빡하는 경우가 있고 또 사건을 말한 것에 대하여 기억을 못 하기도 한다. 그런데 그 친구는 본인 스스로가 "나, 알츠하이머를 앓고 있어"라고 실토를 하는데 참 안쓰럽게 여겨진다.

즉 뇌의 기능이 저하되어 인지 기능 장애가 일어나는 노인성 질환의 일종인 것이다. 다행히 약물 복용과 효자 아들의 세심한 보살핌으로 더 이상 나빠지는 것 같지는 않았다.

2) 예방법

1. 운동 : 건강의 지름길은 운동이다.
   뇌질환 역시 매일 가벼운 운동을 해 주어야 한다.
2. 식습관 : 단백질 탄수화물 지방을 적당히 섭취하고
   과일 채소 등의 천연 비타민을 골고루 섭취하여

면역력을 강화해야 한다. (초유단백질 좋다고 함)

+) 나의 경우

하루 한 시간씩 걷기운동과 기구를 이용한 운동을 한다.

아침 식사에 계란 1개를 꼭 삶아 먹고 감자나 찰떡을 물김치에

먹고 건강 보조 비타민 C를 섭취한다.

또, 센트룸 실버 포 우먼 건강 기능 식품을 복용한다.

■ 파킨슨병 ■

건강 100세 시대,

나이 들면서 발병하는 퇴행성 질환 중에서 뇌에 문제가 생기는 것을 퇴행성 뇌질환이라 한다.

뇌신경 세포가 죽거나 뇌세포까지 전달하는 기능에 문제가 생겨 발생할 수도 있다.

증상으로는 집중력 저하, 시공간 판단력 저하, 기억력 장애

자주 넘어져 골절, 뇌출혈 등의 위험이 높다.

1817년 영국의 의사 제임스 파킨슨이 발견하여 붙여진 이름이다. 뇌의 흑질에서 도파민(신경 전달 물질)을 만드는 세포가 퇴화하여 동작이 느려지고 손발이 떨리고 뻣뻣해지는 증상이 주로 나타난다.

그리하여 운동 장애 증상이 보이는데 환자의 뇌 사진은 정상으로 나타나 일반적으로는 잘 모를 수도 있다. 그래서 제대로 진단하려면 전문의사의 진찰 소견이 중시된다.

3) 주요증상 단계

떨림이나 근육 경직 → 한쪽 팔다리 뻣뻣해짐 → 양쪽 팔다리 뻣뻣해짐 → 넘어질 듯 비틀거림 → 혼자 못 서고 보조기구 필요함 → 심하면 누워서만 지냄 → 더 증세 심하면 수면 장애, 우울증, 안구 경련, 언어장애, 치매 증세 → 신체 마비

▷ **예화 5**

요한 바오로 2세 교황

로널드 레이건 대통령

무하마디 알리 권투왕

교황과 대통령과 권투왕이라도 질병은 피해가지 않는다.

모두 손 떨림, 근육 경직, 언어장애, 신체 장애로 고생을 했던 파킨슨병을 앓은 환자들이었다.

+) 유전성 치매도 있지만, 대개는 음주, 흡연과 운동 부족으로 온다.

이 또한 예방은 식습관을 강화하여 면역력을 높이는 방법밖에 없다.

3. 노화와 노쇠는 다르다

어느 날 TV 방송에서 방영된 건강 상식이다.

막연하게 알고 있던 건강 상식을 분명하게 알게 되었다.

나는 여태껏 노쇠를 신체 나이로 표현했었다.

나의 경우 본디 나이보다 신체 나이가 10살은 젊게 나왔다.

그래서 지속적인 운동으로 몸 관리를 하며 지낸다.

그런데 이날 노화와 노쇠가 다르다는 것을 듣고 귀가 번쩍했다. 노쇠의 주범은 말(언어 둔화), 잠(불면증), 물(침샘 마름)로 비롯된다고 했다.

이 모든 변화가 호르몬 분비가 잘 안 되어 발생한다는데, 다행히 나는 아직 세 가지 현상에 속하지 않고 있다.

여기서 노화 현상은 만 26세부터 시작된다는 얘길 듣고 놀랐다.

80이 된 나로서는 젊은이 때부터 세포가 늙어간다는 게 이해가 안 되었다. 나의 경우 만 75세가 되어서야 아, 이제 내가 늙었구나를 느낄 수 있었기에 말이다.

겨우 예방책이라는 게 블루베리 열매와 초유(생후 5일 된 젖소)라는데, 노화야 세월 따라 오는 거라 어쩔 수 없지만, 노쇠만은 막아봐야 하지 않겠는가.

늙으면 흡수력이 떨어진다지만 그래도 우유를 마시면서 단백질을 섭취하고 적당한 운동으로 노쇠에 대비하고 있다.

1) 99, 88

오늘 아침마당 주제는

'어떻게 건강하게 늙어갈 수 있는가'였다.

특히 늙어서 오는 우울증은

① 경제적 어려움

② 가족에게서 분리된 외로움

그밖에 ③ 질병으로 온다고 했다.

우울증은 건강을 해치며 심하면 치매로까지 발전할 수 있다.

육체는 나이 들어 쇠퇴해졌지만, 정신은 계속 젊음을 유지할 수 있어야 한다. 몸이 운동을 해서 건강을 유지하는 것처럼 정신도 운동을 해서 건강을 유지해야 한다.

다시 말해 두뇌를 자주 사용해서 녹슬지 않도록 해야 한다.

책을 읽으며 기록도 하고 가끔 일기도 쓰며 생각을 정리해야 한다. 그리고 주머니를 열어 베풀고 나누는 삶으로 사랑을 실천하며 99세까지 88하게 살아야 하지 않겠는가!

또 여러 방법으로 인생의 의미를 찾고 발견해서 즐겨야 한다. 평소에 자원봉사나 취미생활, 창의적인 예술(음악, 미술, 문학) 활동으로 자기 계발을 해야 한다.

나는 자연 속으로 산책을 하거나 넓은 세상으로 여행을 떠나거나 일상에선 클래식을 듣고 책을 읽으며 여유를 즐긴다.

2) 자연死는 축복이다

지난 가을 어느 날 조카딸이 울면서 전화를 했다.

아버지가 곡기를 끊은 지 일주일째이며 스스로 세상 떠날 준비를 하신다고. 똑바로 누워서 나 그냥 잘 테니 물도 주지 말라고 하셨단다.

두렵진 않지만, 가슴 아프다면서 오빠의 마지막 얼굴을 사진으로 찍어 보여 주었다. 아주 평안한 모습, 그야말로 어린애 자는 모습 같았다.

1921년 자연분만으로 태어난 오라버니가 자연사를 선택한 것이었다. 100세를 살다 갔으니 好喪이었다.

지난해 봄날 치매로 앓던 엄마를 떠나보내고 아버지 의지하며 보살피고 살았는데 이제 1년 반 지나서 아버지도 세상 떠나시겠다고 하니 얼마나 슬프겠는가.

식이요법 더 잘해 드리려고 냉장고도 새로 샀는데 그만 살겠다고 하시네, 어쩜 좋아요.

그래서 아버지가 원하는 대로 그냥 편히 보내드리라고 했다. 효녀 조카딸의 지극정성 보살핌을 받아 무병장수한 오라버니가 통증 없이 주무시는 듯 가시는 거 같아 감사할 뿐이다.

– 오빠의 99세 생일 케이크 앞에서

3) 적당한 운동

날마다 자신에게 맞는 운동을 적당히 해야 한다.

자신의 나이에 맞게 자기 몸에 알맞은 운동을 선택해서 시간도 적절하게 정해서 해야 한다.

운동을 너무 심하게 해서 도리어 건강을 해치는 경우도 있다.

내 주변에 수영장 다니며 건강을 다스리는 사람들이 많이 있다. 특히 물속에서의 에어로빅 운동은 아주 좋은데 아무리 좋아도 너무 오랜 시간을 하게 되면 피로감이 몰려온다.

무슨 운동을 하든 적당히 시간을 정해서 해야 한다.

나는 물이 무서워 헬스를 다니며 근육운동을 했었는데 지금은 코로나 시절이 길게 이어져 헬스를 다닐 수 없어 동네 당현천으로 걷기운동을 다닌다.

중간에 운동 기구가 있어 근육운동을 하고 온다.

젊어서는 등산을 많이 했는데 나이 들어 하산할 때 무릎관절에 지장을 주게 되어 등산을 그만두었다.

가끔 둘레 길을 돌았는데 그도 만 75세가 되면서 그만두고 동네 헬스장으로 옮겨왔다.

그나마 한 해 동안은 코로나 때문에 다니지 못하고 있다.

4) 질병과도 놀자

■ 긍정적 사고 ■

어떠한 일에 어떤 상황에 처해지더라도 생각하기 나름이다.
무슨 일이든지 긍정적인 의미 부여를 해서 생각을 바꾸자.
언젠가 읽은 책에서 경제적인 무능한 남편을 두고도
"가족 부양을 하다 보니 내가 멋진 캐리우먼이 되었네."
하고 남편에게 감사하며 즐겁게 산다는 여인 이야기였다.

마치 남편 외도 후 혼자되어 두 아들 키우며 홀로서기에 성공한 나의 이야기와 비슷하여 감명을 받았다. 물론 내가 성공했는지는 모른다. 경제적으로는 여전히 어려우니까.

일반적으로 부모님 다투는 모습을 보며 '결혼은 고통인가?' 하는 자식들이 "우리들 부모는 자식을 강하게 키우려고 본인들의 삶을 희생한 거야" 생각하며 감사해 준다면 이보다 더 좋을 수 없을 게다.

어쨌든 현재의 삶이 힘들더라도 긍정적으로 생각을 바꾸자.
그리고 나이 들어 질병이 오는 것은 당연한 과정이다. 짜증을 내지 말고 "친구야 같이 놀자" 하고 크게 웃으며 반겨주자.

5) 영혼을 살찌우자

매일 아침 눈을 뜨면 "나는 건강하고 행복하다!" 외친다.

그리고 "다시 숨을 쉬고 살아나서 감사하고 눈을 떠서 보게 하시고 귀를 열어 듣게 하시고 입을 열어 말하게 하시고 무엇보다 서서 걷게 하시니 감사하다."고 감사기도를 한다.

그렇다. 긍정적 사고가 필요하다.

두 손을 가슴에 얹고 "나는 건강하고 행복하다" 세 번 외치고

"나는 베스트셀러 작가다" 희망 사항을 세 번 외친다.

그러기에 나는 건강하고 늙어가는 것이 두렵지 않다!

사회적 지위 모두 정리하여 버리고 뜻있는 일 선택해서 활동하자. 나이 듦에 풀 죽지 말고 영혼을 즐겁게 하자.

모차르트나 베토벤의 위대한 천상의 음악을 들으며 시를 읽자. 문학 서적을 다시 읽어 보자.

그동안 코로나로 멈추어진 시간 속에 몇 달을 갇혀 지내는 덕에 헤르만헷세를 다시 읽어 보았다.

청춘의 꽃밭

나의 청춘은 꽃밭의 나라였다
풀밭에는 은 같은 샘물이 솟아 나오고
고목들의 동화 같은 푸른 그늘이
대담한 내 꿈의 격정을 식혀 주었다

비오는 날

내가 어렸을 적에는
하늘이 늘 파랗게 맑아 있고
구름은 금빛으로 물들어 있었다

이제 내 나이가 많아지니
모든 빛은 사라지고 이렇게 비만 온다
세상 참 많이도 변했다

4. 늙어도 공부를 하자

1) 책을 읽자

너도나도 셀 폰의 노예가 되어 책을 멀리하고 산다.

우리가 학창시절엔 폰이 없었기에 책에만 매달려 살았다.

고전 읽기에 특히 세계 명작에 파묻혀 즐겁게 지냈다.

책 없는 삶은 영혼 없는 육체와도 같다. 책을 읽으면 마음의 안정이 찾아오고 자연스럽게 스트레스도 풀린다.

거기에 풍요로운 지식과 지혜까지도 덤으로 얻을 수 있다.

서점에나 도서관에 자주 가라. 책에 아낌없이 투자하라.

책을 사는데 돈을 줄이면 그건 꿈을 줄이는 바와 다름없다.

그러므로 책은 미래를 위한 투자이자 성공에 대한 당연한 지불이라 생각해야 한다. (김현태의 '삶은 속도가 아니라 방향이다' 중에서)

책은 완전히 내 것으로 만들 때까지 계속 읽어야 한다.

다독도 중요하지만 한 권 한 권 읽을 때마다 집중해서 읽는 것이 중요하다.

읽은 책이라고 내팽개치기보다 읽은 책도 다시 보는 것이 좋다. 그래야만 확실히 자기 것으로 만들 수 있다.

책을 한번 읽었을 때의 느낌과 두 번 읽었을 때의 느낌이 모두 다르기 때문이다.

또한, 읽을수록 내용이 머릿속에 잘 들어와 좀처럼 잊어먹지 않고 완전히 내 것으로 만들 수 있다.

프랑스 철학자 '데카르트'는 "좋은 책을 읽는다는 것은 과거의 가장 훌륭한 사람들과 담소하는 것과 같다"고 했다.

훌륭한 사람을 만나 지혜를 얻고 다양한 세상을 경험하며 지식을 축적하기 위해서는 책만큼 좋은 도구가 없다는 이야기다. 이렇듯 우리는 책을 통해서 세대를 뛰어넘어 그 시대의 유명한 석학들과 언제라도 만날 수 있다는 것이다.

요즘 젊은이들은 도서관을 잘 찾지 않는다.

뭐든지 셀폰이 해결해 주기 때문이다.

그래서 도서관엘 가면 노인들이 많고 각종 시험 준비생들이 많다. 특히 공무원 시험 준비에 많이 이용되는 도서관이라 책을 대출해 가는 청년들은 거의 없다.

마치 동네 독서실 구실을 하게 되는 것이다.

2) 평생 학습관을 이용하자

우리 동네엔 평생학습관이란 도서관이 있어 너무 좋다.

1층 도서 열람실에는 앉아서 책을 읽을 수 있는 환경이 되어 있고 또 건넌방에는 신문 잡지를 비치해 놓은 공간이 따로 있어 노인들에게 인기가 있다.

3, 4층은 젊은이들의 수험 준비 독서실이 칸칸이 만들어져 있다. 여러 해 전에 나의 아들도 많이 이용했던 곳이다.

나는 1층 열람실을 주로 이용한다.

요즘엔 코로나로 인해 열람실에 앉아 읽을 수는 없고 책을 대출해 와서 집에서 읽는다.

내가 빌려와서 읽은 책 중에 감동적인 것을 소개하겠다.

『우리가 버려진 창고에서 발견한 것들』(잭 캔필드. 마크 빅터 한센)

『하나님의 윙크』(린다 제이)

고향 할머니가 손녀한테 했던 말,

"하나님은 가난한 사람들에게 특별한 애정을 갖고 지켜보신다. 그래서 우리가 가난한 것도 하나님이 주신 선물인 셈이지.

그러니 네게 주어진 4가지 축복에 감사하라.

① 네 손으로 하는 정직한 노동에 감사

② 네 몸을 건강하게 해 주는 원기 왕성한 식욕에 감사
③ 너를 사랑해 주는 가족과 친구들이 있음에 감사
④ 하늘에서 널 내려다보며 윙크하시는 하나님께 감사

알겠니? 우리 삶에 무슨 일이 생긴다는 것은 모두 하나님이 우리에게 살짝 윙크를 하시는 거란다."

3) 문학 속에서

나이 들어 의미 있게 살고 즐겁게 사는 것을 문학에서 찾아보자. 인간은 문학을 통해 새로운 관계를 맺을 수 있다.

위대한 사상가와 시인 소설가의 작품을 읽으며 즐길 수도 있고 주변에서 구하기 쉬운 가볍게 읽을 수 있는 수필이나 자기 계발서나 잡지를 읽을 수 있다.

꼭 고전 읽기를 고집할 필요는 없다.

문학은 인생의 가는 길에 도움이 되는 경우가 많다.

남녀노소 관계없이 소통할 수 있고 인간관계 개선에 도움을 준다. 몸은 늙어도 문학적 창의성은 쇠퇴하지 않는다.

문학 작품은 우리의 정신을 성장시키는 특수한 예술이다.

내가 고3 시절 축농증 수술을 하고 병원에 입원해 있을 때 감명 깊

게 읽은 책이 도스토예프스키의 『죄와 벌』이었다. 그 당시엔 큰 수술이어서 여러 날을 병원에서 보냈기에 읽고 또 읽어 세 번 정도는 읽은 것 같았다.

그것을 계기로 톨스토이 등 여러 사람의 러시아 작품을 읽으며 러시아 문학을 체험하였다.

그리고 세계문학 전집을 읽으며 유럽이나 미국 문학도 접해 보았다. 그리하여 나는 문학을 사랑하게 되었다.

특히 작가들은 나이 들어도 책을 읽고 글을 꾸준히 쓴다.

그 유명한 『돈키호테』는 세르반테스가 68세에 썼고 톨스토이는 88세에 『예술이란 무엇인가』를 썼다.

그밖에 프로이트는 67세에 버나드 쇼는 68세에 그들의 생각을 써서 책으로 남겼다.

나 역시 나이 들었지만, 문학을 향한 열정으로 글을 쓰고 있다. 남들이 뭐라 하던 내가 행복하면 된다.

독자가 많지 않아도 괜찮다. 몇 사람이라도 내 책을 읽고 느낌을 받았다면 그것으로 족하다.

'문학은 나의 인생' 내게 희망과 용기를 주고 있다.

이 나이까지 글을 쓸 수 있게 해 주시는 하나님께 감사하고 또 감사한다.

4) 고전을 읽자

■ 죄와 벌 ■

가난한 대학생이 수전노 할머니를 살해하고 금전을 탈취하며 현실 부정으로 합리화시키려는 행동을 그를 사랑하는 여인 소냐를 등장시켜 참회하게 만든다.

공산주의 급진 무정부주의 허무주의 러시아 사회에서 사랑을 통한 정의의 실현만이 우리 사회와 세상을 구원해 줄 수 있다는 작가의 사상을 적은 소설이다.

주인공 대학생이 유대인 노파를 죽이고 돈까지 빼앗은 사건, 우발적이지만 노파의 조카딸까지 살인을 했는데도 그 주인공한테 동정이 갔다. 돈이 필요한 자신은 빈손인데, 다 늙어 하릴없이 밥만 축내는 노파는 돈을 쌓아두고 사니 얼마나 불공평한 사회인가 생각했을 것이다.

그리하여 범행을 저지른 주인공은 그에 따른 갈등과 고통으로 신음을 한다. 그때 그의 재활을 돕는 창녀 소냐가 참회와 자수를 독려한다.

결국, 정의는 사랑을 통해서만 실현될 수 있다는 걸 보여 준 작품이었다.

『도스토예프스키』

반체제 혐의로 옥살이를 하다가 1849년 사형집행을 받고 세묘노프 광장에 끌려나갔는데, 사형집행관이 '사형수에게 최후의 5분' 기회를 주었을 때 28세의 그는 이렇게 말했다.

[사형수 최후의 5분]
가족과 친구 등 모든 지인에게 작별 기도 2분
간수와 다른 사형수에 이별 인사 또 하나님께 감사기도 2분
주변의 아름다운 풍경과 밟고 있는 이 땅에 감사기도 1분을 하고
사형집행을 기다리고 있었는데 이때 드라마 속처럼 황제의 특사가 들이닥쳐 황제의 명으로 사형집행은 정지되고 시베리아 유배 길로 떠나게 되었다.

그때 살아남았기에 작품생활을 하게 되었고 그 문학 작품이 세상에 널리 알려져 명작으로 빛나게 된 것이다.

- 도스토예프스키가 동생에게 쓴 편지 -
인생은 신의 선물이다.
모든 순간은 영원의 행복일 수 있다는 것을 조금 젊었을 때 알았더라면 ~~~ 이제 내 인생은 바뀔 것이다.

시베리아 유배생활 4년간 50여 권이 넘는 작품을 썼다고 한다. 그리고 출소 후 사형집행 전 주어졌던 그 5분을 생각하고 하루하루 순간순간을 마지막 순간처럼 소중하게 살았다.
마침내 대문호 톨스토이에 견줄만한 많은 작품을 남겨 세계적 대문호로 성장하였다.

■ 부 활 ■

농노의 딸로 태어난 카추샤는 여주인의 양녀 겸 하녀로 성장한다.

하루는 여주인의 조카 네플뤼도프 공작이 방문하여 한동안 머물다 떠났다. 그 공작은 카추샤와 연애 감정을 빙자하여 카추샤를 강간하고 얼마간의 돈을 쥐여주고 가버렸다.

다행히 임신한 아기는 죽었지만, 여주인의 눈 밖에 나 내쫓김을 당한다. 그러자 오갈 데 없는 카추샤는 마슬로바 라는 별명으로 창녀 노릇을 하며 생계를 꾸려 나간다.

그러던 중에 부유한 시베리아인 독살과 금품탈취 혐의를 뒤집어쓰고 재판정에 나가게 되는데 그때 배심원 중 한 사람이 네플뤼도프 공작이었다.

그동안 잊고 지냈던 카추샤를 재판정에서 만난 공작은 놀랐고 옛일 생각이 나서 양심에 가책을 받게 된다.

더욱이 카추샤는 무죄 판결을 받았지만, 행정적인 착오로 시베리아 유형을 받고 떠나갔다.

여기서 타락한 인간으로 나오는 네플뤼도프 공작은 자신의 토지를 농노에게 분배해 주는 이상주의를 표방하면서도 자신의 쾌락을 누리며 카추샤를 범한 것이었다.

카추샤는 일시적이나마 공작이 진심으로 자기를 좋아하는 줄 알았으리라. 그리하여 마음의 상처가 더 깊었다.

살인의 누명을 쓰고 시베리아 유형 길을 떠나는 카추샤를 따라다니면서 도움의 손길을 펴려고 하지만 끝내 거절당하고 이웃 사람만 돕게 만들고 있는 카추샤를 원망하며 속을 끓이고 지낸다.

그때 성경을 읽고 깨달음을 갖게 되었다.

특권층의 부조리, 법과 제도, 토지문제, 종교 등 사회의 광범위한 고질적인 타락을 새로 깨닫게 된다.

70 고개를 넘어 완성한 '부활'은 네플뤼도프 공작이란 인물을 통해 19세기 러시아 사회의 불합리한 사회구조와 종교적 모순점을 지적하고 이상적인 러시아 사회를 건설해 보고자 한 대작으로 꼽힌다.

『톨스토이』

러시아의 대문호로 많은 작품을 남겼지만, 그중에서도 '전쟁과 평화', '안나 카레니나', '부활'이 대표적이라 보겠다.

그중에서도 나는 '부활'을 첫째로 꼽는다.

70살이 넘어 완성한 작품으로 기독교 사상을 곁들인 게 너무 맘에 들었다. 50살이 되어 기독교계로 전향해서 예술세계에도 변화를 가져왔다. 그의 정화를 통하여 온 인류의 정화가 이루어지도록 작품세계에도 믿음을 강조하였다.

부잣집에 태어난 톨스토이는 양심의 눈이 활짝 열린 이래로 토지의 사유화 제도가 잘못임을 지적하고 민중 돕기에 나선다.

"주여, 제게 믿음을 주시고 다른 이들에게도 믿음을 찾도록 도와주소서."

러시아의 가장 정신적이고 지식인 톨스토이가 50세 나이에 농부들에게로, 민중에게로 돌아가 무식한 그들에게서 마침내 올바른 신앙을 배운다.

그리고 책에서 표현한 대로 불합리한 사회구조 개혁과 종교적 모순을 개선하여 이상적인 러시아 사회를 건설하려고 노력한다.

■ 인 연 ■

국내 고전으로는 젊은 날 읽고 감명받았던 피천득의 수필 『인연』을 소개한다. 지금은 고인이 된 나의 풋사랑 모습을 오버랩해 보면서!

일제 강점기에서 6·25 전쟁에 이르는 격동기에 만났던 일본 여인 '아사코'와의 추억을 소재로 인연의 의미를 반추한 수필이다.

주인공이 작가 자신이 아니라면 소설 같은 이야기이다.

작가가 일본 유학생 시절 하숙집 딸 아사코와의 만남과 이별에 관한 이야기로 어린 시절 아사코는 작가를 오빠처럼 따랐으며 헤어질 때 몹시 아쉬워하고 손수건과 반지를 건네주었다.

그 후 작가가 일본 방문 때는 초등 1학년이었던 아사코가 여자대학 3학년이 되어 있어 반갑게 만났다.

그러나 이처럼 만나고 헤어지고 또 만나고 헤어져서 10년 정도 흐른 후 일본을 찾았을 땐 아사코를 만나지 못하였다.

결혼을 해서 만나지 못했다가 후에 결국 만났는데, 이때는 백합꽃이 시들어 흉한 것처럼 아사코의 시들어가는 모습을 차마 봐 줄 수가 없었다.

그리하여 "세 번째 만남은 아니 만났어야 좋았을 것"이라고 중얼거리며 "오는 주말에는 춘천에나 다녀와야겠다. 소양강 경치가 아름다울 것이다."로 마무리를 하고 있다.

나는 이 수필을 읽고 나서 옛 남자와 서로 연락이 되어도 안부 정도만 묻고 만나지는 말아야겠다고 생각하였다.

특히 여자가 나이 들면 얼굴에 주름은 물론 몸 자체가 구부정한 게 보기 흉할 것은 당연하지 않겠는가.

연인 같은 친구에게 나의 젊은 모습만 그의 뇌리에 남기 바라는 마음이다. 늙어서 구겨진 모습을 보이고 싶지는 않지.

서로 만나 할머니 할아버지 모습을 상상이나 했을까?

젊은 날의 풋풋하고 싱그러운 모습만을 추억으로 간직하기 바라는 게 인지상정이다.

옛 연인에게는 언제까지나 싱싱하고 펄떡이는 물고기같이 아름답게만 그려지길 바란다.

아, 나의 청춘이여!

인 연

피천득

어리석은 사람은 인연을 만나도 몰라보고
보통 사람은 인연인 줄 알면서도 놓치고
현명한 사람은 옷깃만 스쳐도
인연을 살려낸다

그리워하는데도 한 번 만나고는
못 만나게 되기도 하고
일생을 못 잊으면서도 아니 만나고
살기도 한다

아사코와 나는 세 번 만났는데
세 번째는 아니 만났어야
좋았을 것이다

5) 시를 읽자

시인도 많고 작품도 널려 있어 어느 것을 읽을 것인가!

우선 주변에서 구해 볼 수 있는 시, 내 마음에 와 닿는 시라면 족하다. 내 책꽂이에도 시집이 많이 꽂혀 있다.

그러나 너무 우물 안의 개구리처럼 살지 말고 세계로 눈을 돌려 보자. 가끔 서점에 나가 외국의 옛 시인들도 만나 보자.

누구나 자기 마음에 드는 작품이 있을 것이다.

이제 내 마음에 감동을 준 시 중에서 몇 편을 싣고자 한다.

세계에는 시인도 많고 유명한 시도 많다.

그중에 나는 인도 타고르의 『동방의 등불』과 노벨문학상을 받은 『키탄잘리(신에게 바치는 노래)』를, 또 영국 엘리엇의 『황무지』와 미국 프로스트의 『가지 않은 길』을 소개하고 싶다.

물론 황무지같이 긴 시는 난해하여 대충 훑어보고 말았지만 내가 대학생 때 4월 혁명을 경험하면서 "4월은 가장 잔인한 달"이라 외쳤던 기억을 되새겨 보았다. 그리하여 한 번쯤은 관심을 가져야 하는 주제가 아닐까 생각해서 역사의 흐름으로 적어 보았다.

동방의 등불

인도 시인 타고르

일찍이 아시아의 황금시대에
빛나던 등불의 하나인 코리아
그 등불 다시 한 번 켜지는 날에
너는 동방의 찬란한 빛이 되리라

마음에 두려움이 없고
머리는 높이 쳐들린 곳
지식은 자유스럽고
좁다란 담벼락으로 세계가 조각조각
갈라지지 않은 곳
진실의 깊은 속에서 말씀이 솟아나는 곳
끊임없는 노력이 완성을 향해 팔을 벌리는 곳

지성의 맑은 흐름이
굳어진 습관의 모래벌판에 길 잃지 않은 곳
끝없이 퍼져나가는 생각과 행동으로
우리들의 마음이 인도 되는 곳
그 같은 자유의 천국으로
내 마음의 조국 코리아여 깨어나시오

키탄잘리(神에게 바치는 頌歌)

제3편

당신이 어떻게 노래 부르시는지 나는 모릅니다.

나의 주님이시여!

나는 언제나 조용한 놀라움으로 듣고만 있습니다.

당신 노래의 광채가 이 세상을 밝혀 줍니다.

당신 노래의 입김이 하늘에서 하늘로 날고 있습니다.

당신 노래의 거룩한 흐름이 모든 돌 더미 장애물을 물리치고 줄달음칩니다.

내 가슴은 당신의 노래를 따르려고 애쓰지만 그러나 그것은 부질없는 일, 소리조차 나오지 않습니다.

말하려고 하지만 말이 노래가 되지 않아서 어쩔 줄 모르고 울기만 합니다.

아, 주님이시여!

당신은 노래의 끝없는 올가미 속에 내 마음을 사로잡으셨습니다.

+) 명상함으로 신비하고 거룩한 신의 사랑을 찬미한 103편으로 이루어진 산문시이다. 타고르가 1913년 노벨문학상을 받은 작품이다.

황무지

영국 시인 엘리엇

1부 죽은 자의 埋葬

4월은 가장 잔인한 달
죽은 땅에서 라일락을 키워내고
기억과 욕정을 뒤섞으며
봄비로 잠든 뿌리를 뒤흔든다
차라리 겨울은 우리를 따듯하게 했었다.
망각의 눈(雪)으로 대지를 덮고
마른 구근(球根)으로 가냘픈 생명을 키웠으니

이 움켜잡는 뿌리는 무엇이며
이 자갈 더미에서 무슨 가치가 자라 나오는가
인자여, 나는 말하기는커녕 짐작도 못 하리라
네가 아는 것은 파괴된 우상 더미뿐
그곳엔 해가 쪼아대고 죽은 나무엔 쉼터도 없고
메마른 들엔 물소리도 없느니라
단지 이 붉은 바위 아래 그늘이 있을 뿐
(1부의 앞부분)

+) 엘리엇의 '4월은 가장 잔인한 달'이라는 표현은

제프리 초서의 작품 '캔터베리의 이야기' 속에서의 '희망적인 4월'을 부정한다.

개인적인 불행을 고백할 수도 있고 생명의 부활을 약속받은 찬란한 봄의 계절에 죽은 목숨처럼 이어가고 있으니 그것이 잔인한 운명일 수밖에 없다고.

그래서 현대인들에게 모든 것을 일깨우는 4월은 가장 잔인한 달이다. 역설적인 표현으로 '저주받은 축복'이기도 하다.

영국 시인 엘리엇은 1차 세계대전 후 유럽의 정신적 혼미와 황폐한 모습을 상징적으로 표현하여 '황무지'라는 長詩를 썼다.

1922년 발표된 이 시는 전체 5부로 구성되어 있는데 무려 433행으로 쓰여 있다. 특히 내가 관심을 갖게 된 것은 대승불교를 공부했는데 결국에는 기독교로 개종하여 구약성서 에스겔서를 인용하여 이런 대작을 쓴 것에 대하여 경의를 표하지 않을 수 없었다.

1부. 죽은 자의 埋葬

2부. 체스 게임

3부. 불의 설교

4부. 익사(水死)

5부. 우리가 한 말 (천둥의 말)

가지 않은 길

미국 시인 프로스트

단풍 든 숲 속에 두 갈래 길이 있었지요
한 몸으로 두 길을 다 가볼 수 없어
나는 서운한 마음으로 서서
잣나무 숲 속으로 접어든 한 길을
끝 간 데까지 바라보았지요
그러다가 다른 한 길을 택하였지요

먼저 길과 똑같이 아름답고
아마 더 나은 듯도 했지요
풀이 더 무성하고 사람을 부르는 것 같았어요
사람이 밟은 흔적은
먼저 길과 비슷했지만요

서리 내린 낙엽 위엔 아무 발자국도 없이
두 길은 그 날 아침에
똑같이 놓여 있었어요
아, 먼저 길은 훗날 걸어보리라 생각했지요
인생길은 한번 가면
다시 오기 어려우리라 여기면서도

오랜 세월이 흐른 후에
나는 한숨지으며 말하겠지요
두 갈래 길이 숲 속에 나 있었지 그래 나는
사람들이 더 많이 밟은 길을 택했고
그건 아주 중대한 일이었다고

+) 우리 모두 한 번도 가보지 않은 인생길을 걸어가고 있다.

앞일은 아무도 모른다.

미래는 상상만 할 뿐 짐작도 잘 안 되는 미지의 세계가 펼쳐지는 것이다.

미국 시인 프로스트는 뉴잉글랜드의 자연 속에서 땅을 개간하여 농사짓고 사는 농부들과 가까이 지내며 그들의 순수한 인간상을 그리고 있다.

그리고 그러한 풍경 속에 깊은 사색을 담고 있다.

5. 신앙생활을 하자

우주 속에 점 하나로 내가 떠 있다. 아니, 먼지처럼 떠다닌다.

그렇담 나는 무엇인가?

하나님이 천지를 창조하고 우주 만물을 만드실 때 흙을 빚어 만드신 만물의 영장이라는 인간, 아담의 후예다.

그리하여 하나님의 자녀로 살고 있다.

그럼 어떻게 살아야 하는가?

하나님은 자녀가 행복하게 살기를 원하신다.

그래서 우리는 하나님께 영광을 올려 드리며 구별된 삶을 통해 이웃에게 빛과 소금 역할을 해야 한다.

1) 살아있음에 감사하다

새벽에 눈을 뜨면

아, 내가 다시 살아 숨을 쉬고 있구나 하며 감사한다.

나의 존재를, 내가 살아있음을 감사한다.

또 새날을 오늘에 허락해 주셔서 감사한다.

눈을 떠서 보게 하시고 귀를 열어 창밖의 새소리를 듣게 하시고 입을 열어 말을 할 수 있게 해주심을 감사한다.

특히 두 다리 멀쩡해서 걷게 해 주심에 감사한다.

그 후 간단한 스트레칭을 해서 온몸을 풀고 새벽기도를 다녀와 운동을 나간다.

나는 길을 걸으면서 주문을 외우듯 한 줄 기도를 한다.

"예수 내주 기뻐 감사, 자연 치유 질서 회복"

예수님이 나를 구원해 주신 것에 기뻐 감사하며 또 몸이 불편한 곳이 있으면 자연적으로 치유될 것을 믿고 그것이 우주 만물의 질서를 회복하는 길이라는 것을 확신한다.

2) 생각의 소리도 들으신다

나이가 들고 보니 온몸을 움직일 수 있는 것이 이렇게 고마울 수가 없다. 주변에 나이 들어 여기저기 아프다고 병원에 물리치료 다니는 것을 일과로 삼는 사람이 많은 걸 본다.

무엇보다 생각을 하게 하시고 느낄 수 있는 마음 주셔서 글을 쓸 수 있게 해 주심에 감사한다. 또 가정을 꾸리게 하시고 가족을 거느리고 거처할 집을 주심에 감사한다.

그리고 일용할 양식과 마실 물을 주셔서 감사한다.

아프리카인들의 식수난을 생각하면 얼마나 감사한지 모른다.

내가 다니는 교회에서 아프리카에 교회를 세우고 우물을 파서 어느 정도 도움을 주고 있지만, 그 넓은 땅을 어찌 다 적시랴!

그래서 나도 아프리카 식수제공 프로에 참여하고 있다.

3) 감사는 질병도 치유한다

'항상 기뻐하고 쉬지 말고 기도하고 범사에 감사하라'는 말씀을 우리 집 가훈으로 여기며 늘 실천하려 노력하고 있다.

특히 환경이 좋든 나쁘든 범사에 감사하라는 말에 신경을 쓰고 원수도 사랑하고 라이벌에도 감사해야 한다는 말을 맘에 새기고 살고 있다.

그리고 웃음의 치유도 감사하며 받아들이면 효과가 있다.

만복은 웃음을 타고 오고 웃으면 아픈 것도 잊게 되고 온몸에 활력을 준다. 웃음은 외로움을 덜어주고 질병도 치유해 준다.

나이 드는 것을 속상해하지 말고 유머와 웃음으로 활력을 찾고 친구들과 어울려 즐기며 봉사활동으로 가치 있는 삶을 살아 행복을 누리며 멋지게 살자.

4) 성경 읽기와 필사를!

구약 39권 신약 27권으로 된 성경을 통독한다는 게 그리 쉬운 일은 아니다. 나의 경우 하루 2~3장 읽어서 3년에 걸쳐 2회를 통독해 본 적이 있었다. 그런데 실은 뜻을 잘 모르면서 읽은 구절이 많았다.

일반적으로 교회의 성경 공부 그룹에 들어가 읽기를 한다든가 성경 필사를 하면서 은혜를 받을 수도 있다.

나의 새벽기도 친구 한 명은 우울증으로 양로원엘 들어가게 되었는데, 두꺼운 노트와 필기도구를 사다 주면서 성경 필사를 권유했더니 별로 내키지 않아 했다.

그리하여 처음엔 멍하니 앉아 있으면서도 쓰는 걸 잊곤 했는데 나중에는 틈만 나면 성경 필사에 공을 들였더니 은혜를 받아 정신이 좋아지고 우울증도 치료되었다고 했다.

또 찬송가를 부르면 그 노랫말에 상처 난 영혼이 치유된다. 요즘 복음성가집이 나와 옛날 찬송가를 잘 부르지 않는데 사실은 옛날 찬송가 가사가 마음에 더 울림을 준다.

개인적으로 나의 신앙생활을 소개하면 새벽예배를 다닌다.

그날의 첫 시간을 하나님께 드리는 것이다.

저녁 시간엔 걷기운동과 운동 기구를 이용한 운동을 한다.

또 밤 9시엔 기독교 방송에서 '성서학당'을 통해 학문적으로 성경을 배우고 있다.

주일엔 낮 예배와 저녁예배를 다녔고 그밖에 수요예배와 금요 철야(심야)예배도 거의 참석하였다.

젊어서는 예배마다 빠지지 않고 다녔는데 나이 들어 몇 해 전부터 밤 예배는 넘어질까 봐 조심하고 있다.

그나마 2020년 금년에는 코로나19 때문에 교회에 나가 대면예배를 드리기보다 온라인으로 비대면 예배를 드리는 적이 더 많았다.

연말과 새해 시작인 요즘도 새벽예배와 주일 예배를 비대면으로 드리고 있다.

5) 온라인예배

내가 다니는 교회는 광염교회(일명 감자탕)이다.

그동안 봄철엔 코로나 19로 인해 교회예배를 두 달 넘어 쉬다가 초여름 어느 주일에 모처럼 교회에 가서 예배를 드렸다.

코로나 파동이 좀 잠잠해지자 가정에서와 교회당 중 한 곳을 선택해서 예배를 드리라고 해서 마스크를 하고 QR 카드를 찍고 열을 재고 나서 띄엄띄엄 떨어져 앉아 예배를 드렸다.

이마에다 체온계를 대고 열을 재면서 옛날 예언자의 말이 떠올랐다.

앞으로 다가올 세상에는 이마에 표를 받고 살아가게 될 거라던, 이게 사탄의 계획이 아니길 빌어본다.

■ 말의 힘 ■

요즘 우리 교회 목사님 설교가 '말의 힘' 시리즈이다.
선한 말은 지혜와 정직이고 악한 말은 사람에게 상처를 준다.
우리가 무심코 던진 말에서도 능력이 파생된다.

첫째, 창조적인 말과 파괴적인 말이 있다.
둘째, 병들게 하는 말과 치유하는 말이 있다.
셋째, 악한 말(거짓으로 함부로 하는 말)은 사람을 잃고
선한 말(꿀 송이보다 단)과 지혜의 말은 사람을 얻는다.
넷째, 흥하게 하는 말(세워줌)과 망하게 하는 말(넘어짐)이 있다.

+) 의인의 열매는 생명나무라 이웃을 살려 준다.(잠11:30)

말은 불행하게도 하고 행복하게도 한다.
특히 가족들과 이웃들에 '사랑한다'는 말을 표현하라.
그리고 피차에 수고와 공로를 인정해 주는 말을 하라.
가시 돋친 나쁜 말은 사람들을 불행하게 하고
착한 말은 사람들을 행복하게 한다.

+) 죽고 사는 것이 혀의 힘에 달렸나니(잠 18:21)

오늘 주일 설교도 '말의 힘'의 연속이었다.

우리 목사님이 청년 시절 한 성경 구절을 읽고 충격을 받은 후 40년간을 그 말씀을 멘토로 살아오셨다고 했다.

그리하여 우리 교회에 새로 입교하면 그 말씀이 새겨진 밥상을 선물로 받게 된다.

나도 몇 해 전 아들 따라 우리 교회로 옮겨왔을 때 입교심방 오시는 담당 목사님이 앉은뱅이 밥상을 들고 오셨는데 그 상위에 크게 새겨져 있는 글씨를 보고 충격받아 멘토로 삼고 있다.

'너희 말이 내 귀에 들린 대로 내가 너희에게 시행하리라'(민14:28)

지금도 그 상위에서 일기와 원고를 쓰며 나의 눈동자에 사진을 찍고 있다.

+) 하나님이 들으시는 말은

우리의 기도이고 들으신 후엔 꼭 응답하신다.

타인과의 대화도 가만히 듣고 계신다.

자신과의 대화와 생각을 들으시고 그대로 시행하신다.

■ 소비구제 ■

지난주부터 사회적 거리 두기에서 생활 방역으로 바뀌자 집에 갇혀 지내던 사람들이 쏟아져 나와 백화점을 비롯한 쇼핑몰로 몰려갔는데 여론에서는 이를 '보복소비' 또는 '보상소비'라 불렀다.

그런데 우리 목사님은 이런 사태를 '소비구제'라 불러 신선함을 느꼈다.

얼마 전 기독 실업인들 모임에 가서 구제와 나눔의 강연을 하셨는데 거기 참석한 CEO들이 감명을 받았다고 전했다.

코로나 19로 인해 구조조정을 해야 할 지경에 놓인 중소기업 사장님들이 가장 큰 구제가 '고용구제'라고 하는 목사님 말씀을 듣고 소득분배를 잘해서 직원 전체를 살려야겠다는 마음을 먹게 된 것이다.

그 강의 내용을 전해 들은 나 역시 감동을 받아 그 내용을 요약 정리해 보았다.

+) 구제에는 세 가지 종류가 있는데 큰 구제가 있고 중간구제와 작은 구제가 있다.

(1) 큰 구제 : 직원 고용구제 – 4인 가정의 가장이 고용되면
4명의 가족을 먹여 살린다.

(2) 중간구제 : 소비구제 – 세상을 돌아가게 하는 힘, 과소비가 문제지
필요한 소비는 세상을 돌아가게 하는 윤활유다.

그리하여 우리 교회에서는 코로나19의 위협이 계속되고 있는 동안 시장에서 생필품을 사다가 어려운 교회와 이웃에게 나누어 주고 있다.

성도들의 헌금으로 행하는 '소비구제'이니만큼 우리 성도들도 다 함께

참여하는 것이라 생각하니 뿌듯하였다.

(3) 작은 구제 : 일반 구제 – 어려운 이웃을 도와주는 행위다.

6) 말의 밭을 가꾸자

■ 안하면 된다 ■

어제 주보 첫 장에 '하면 안 할 수 있다'

좀 이상하다 싶었지만 무심코 지나쳤는데 저녁예배 때 주보를 다시 펼쳐보았더니 '하자'(적극적), '하지 마라'(소극적)가 적혀 있어 집에 와서 자세히 읽어 보았다.

실은 저녁예배는 작년 여름 단기선교에서 우리 팀을 인도해 주셨던 목사님이 베트남 선교사로 나가시게 되어 파송예배를 드리는 예배였다. 코로나가 한창인데도 받아 놓은 날짜대로 초여름에 떠나셨다. 적극적인 선교를 다짐하며 떠나신 것이다.

+) 말의 밭에 심겨진 내용을 적어 보았다.

– 도둑질하지 말고 구제할 것이 있도록 그 손으로 수고를 하라

– 게으르지 말고 부지런히 일하라

– 돈을 사랑하되 모으지 말고 잘 사용하라

– 이웃을 미워하지 말고 용서하라, 다투지 말고 화목해라

- 죽이지 말고 살리라, 사람을 이용하지 말고 사랑하라
- 육체의 소욕을 따르지 말고 성령의 소욕을 따르라
- 여호와를 경외하라, 하나님만을 섬기라
- 죄의 종이 되지 말고 의의 종이 되어라
- 어둠에 거하지 말고 빛에 거하라
- 근심하지 말고 기도하라, 소망을 가지라
- 두려워하지 말고 담대하라
- 원망하지 말고 범사에 감사하라
- 누구든 저주하지 말고 축복하라
- 악한 말을 하지 말고 선한 말을 하라
- 거짓말하지 말고 진실을 말하라

+) 말의 씨가 밭에 떨어져 30배, 60배, 100배로 자라나서 악으로 망하기도 하고 선으로 흥하기도 한다.

+) 감사하면 원망과 불평이 사라지고 사랑을 하면 미움이 사라진다.

7) 영화로 믿음을 본다

'I can only imagine!'(상상으로만 할 수 있어요)

하루는 미국에서 유학 생활하다가 코로나 땜에 쫓겨 귀국한 손자가

내가 보는 기독교 방송에서 이 영화 광고를 하니까 잘 된 영화라고 꼭 가보라고 해서 혼자 영화관엘 갔다.

코로나 시즌이라 같이 갈 사람도 없고 또 기독교 영화라 친구한테 권하기도 뭐해서 그냥 혼자 갔다.

집 동네 영화관에 들어갔더니 그 넓은 공간에 띄엄띄엄 사람들이 앉아 있었다. 세어 보니 12사람이었다.

〈I can only imagine!〉

'바트'라는 가수의 일대기를 영화로 만든 실화 이야기였다.

10살 소년 시절 폭력적인 아버지로 인해 어머니는 가출하고 바트는 중학교 졸업을 하자 아버지와의 불화로 오토바이에 몸을 싣고 다른 고장으로 가서 교회의 청년 밴드부에 들어가 활약을 하게 된다.

그러나 노래는 잘하는데 영혼이 깃들지 않았다고 해서 음반 제작에 차질이 생겨 청년으로 성장한 바트는 집으로 돌아온다.

그때 아버지는 췌장암 말기 판정에 죽을 날을 받아 놓고 아들이 돌아오기만을 기다리고 있었다.

그리고 라디오 방송을 듣고 은혜를 받아 예수님을 영접했고 돌아온 아들에게 용서를 빌었다.

그러나 아들은 "하나님은 아버지를 용서하셨어도 나는 아버지를 용서할 수 없어요!" 외치며 지하방으로 내려간다.

거기서 죽음을 앞둔 아버지의 일기장을 뒤적이다가 어린 시절 아들을 사랑했던 아버지의 모습을 보고 용서하게 된다.

아버지는 자식을 사랑하는 방법을 몰랐던 것이었다.

그리고 아버지를 떠나보낸 후 음악을 다시 찾아 나서는데, 그때 부른 노래가 'I can only imagine!'이었다.

모든 이에게 영혼을 감동시킨 노래라고 갈채를 받았다.

아버지를 용서한 심령으로 부르는 노래는 듣는 모든 이의 심금을 울리는 영혼의 흐느낌이었던 것이다.

우리 신앙인에게는 용서가 꼭 필요하다.

"우리가 우리에게 죄지은 자를 사하여 준 거 같이

우리의 죄를 사하여 주옵시고 시험에 들게 마옵시고 다만 악에서 구하옵소서!" ('주기도문' 중에서)

6. 은퇴 후엔 뭘 하지?

1) 향기 있는 삶

행복은 봉사와 나눔에서 온다.

코로나19로 반년 넘게 사회적 거리두기, 생활 속 거리 두기로 지내면서 유튜브로 많은 시간을 보내게 되었다.

■ 어느 미술교사의 꿈 ■

정년퇴임을 한 어느 미술교사가 자신의 꿈을 이루기 위해 프랑스 파리의 몽마르트르 언덕으로 날아가 그곳에서 그림을 그리고 있다는 뉴스를 보고 감동을 받았다.

화가의 광장에 가서 세계 각지에서 모인 화가들 틈에 끼여 그림을 그리고 있는 자신을 보고 얼마나 흐뭇했을까!

10년 전 내 나이 70 때 몽마르트르 언덕 광장에 올라 일본인 초상화가를 만났던 기억이 나서 감회가 깊었다.

별로 크지 않은 공간이었지만 세계의 화가들이 거쳐 간 특별한 장소인 몽마르트르 광장에서 새 희망을 그리고 있을 게다.

실로 향기 있는 삶을 살고 있는 예술가이다.

■ 시골 보건소로 간 名醫 ■

위암 수술 3천 건을 성공시킨 유명한 의사가 퇴임하고 강원도 양양 보건소장으로 자원해 나갔다는 뉴스가 떴다.

우리나라에서뿐만 아니라 세계적으로 이름난 명의가 주민 2만 8천 명에 의사가 20명밖에 없다는 그곳으로 '지역 의료 불균형' 해소 겸 봉사 정신을 발휘하러 간 것이다.

그러면서 "아직 건강할 때 하고 싶은 일을 하러 간다."고 했단다. 얼마나 멋지고 고귀하며 값진 봉사활동인가.

참 훌륭한 의사 선생님이시다.

■ 사랑의 도우미 ■

대개 봉사의 뜻이 있는 사람들은 70대에도 일을 찾아 나선다.

미국의 한 70대 여인이 "나는 품위 있게 늙고 싶다"며 어린이들에게 동화책 읽어 주기와 유학생에게 영어 가르치기로 봉사하며 사회에 도움이 되고자 애쓰는 모습을 보았다.

이런 게 멋지게 나이 드는 일이 아니겠는가!

나도 70대 중반에 동네 복지관에서 자원봉사를 한 적이 있다.

'노노 케어' 프로그램의 일환으로 건강한 노인이 도움을 필요로 하는 몸과 정신이 약한 노인들을 찾아다니며 말벗이 되어주고 도움의 손길이 필요한 것을 보살펴 주는 '사랑의 도우미' 역할을 하는 것이다.

보통 혼자 사는 노인들의 외로움과 우울증에 더 나아가 가벼운 치매 증세가 있는 노인들을 전화와 직접 방문으로 한 주에 두 번씩 찾아가 같이 놀아주는 것이었다.

나는 친구랑 한팀이 되어 할아버지 세 분과 할머니 한 분을 돌아보게 되었다.

그림 그리기, 종이접기 놀이, 꽃 가꾸기, 간단한 손발운동 등으로 즐거운 시간을 같이 보내게 되는 프로였다.

방문할 때는 간식을 조금 마련해서 함께 먹으면서 떠들며 놀았다.

한 해 동안을 열심히 활동했는데 이듬해 봄에 할아버지 두 분이 돌아가시고 또 할아버지 한 분은 자식들한테 연락되었고 할머니는 남편 되는 할아버지와 잘 지내게 되어 돌봄을 끝내게 되었다.

보람 있고 뜻깊은 한 해였다.

2) 취미와 직업

이 나이에 뭘 하냐고 묻지를 마라

나이가 들어서도 당당하게 자기 일을 해서 성공한 사람들도 있다. 노년에 위대한 예술 작품을 만들고 연구를 하고 학자가 되어 명성을 얻기도 한다.

늙어서도 무엇이든 할 수 있다고 긍정적인 생각을 하자.

예전에는 노인의 경험과 지식이 젊은이보다 뛰어나다고 인정 받았다. 노인이 되어도 기술이 좋고 실력이 있어 예술 작품을 만들고 가정을 이끌어가며 자식들을 교육하고 훈육하였다.

그러나 요즘엔 과학 기술 발달로 노인의 역할이 필요 없게 된 것이다. 그리하여 더 이상 노인이 존경받지 못하는 세상이 되었다. 그래도 젊은이들 못지않게 열정을 갖고 취미생활 겸 알바생활을 하는 노인들이 많이 있다.

■ 바리스타 ■

지금은 코로나19 때문에 문을 닫았지만, 우리 동네 공원에는 '실버카페'가 있어 6, 70대 노인들이 카페에서 일을 한다.

물론 구청에서 총괄하긴 하지만 커피 내리는 바리스타를 비롯하여 웨이터와 프런트 캐셔가 모두 노인들로 구성되어 있다.

내 친구 한 명도 여기서 바리스타를 했던 적이 있었다.

■ 시니어 모델 ■

나의 지인 한 분은 과거 교사 출신인데 대학 때 연극반 활동을 한 경험으로 나이 들어서도 교회에서 크리스마스 연극을 맡아 연출하기도 했다.

또 최근에는 동대문구 시니어 모델 총책을 맡아 할머니들 모델 훈련을 시켰는데 금년엔 코로나19 때문에 쉬고 있다.

지난 연말에 초대를 받아 구경 갔었는데 할머니들이 모델로 나와 패션쇼와 장기자랑을 하는 것을 보고 박수를 쳤다.

그때 노인들은 마치 자기들도 현역 모델이나 탤런트가 된 것처럼 신이 나서 설레며 자부심을 갖고 있었다.

■ 경 비 ■

회사 건물이나 아파트 경비도 나이 들어 할 수 있는 직업이다. 내 주변에 은퇴한 남편이 회사 건물 경비로 활동하고 있는데 강남이 근무지라 수입이 좋았다. 명절 때는 선물도 쏠쏠하게 들어와 즐거운 노후를 보내고 있다.

우리 아파트 경비 아저씨들도 멋진 노후를 보내고 있다.

3) 문화생활을 즐기자

■ 서점 산책을 ■

주말에는 가끔 대형서점 구경을 간다.

하루에 수백 권씩 쏟아져 나오는 책을 하루 나가서 다 볼 수는 없겠지만, 신간 속에 내가 읽고 싶은 책이 있으면 들고 와 여기저기 누워 있는 긴 의자에 앉아 읽기 시작한다. 한 권 읽는 데 걸리는 시간은 두어 시간이면 족하다.

또 나가서 점심 먹고 들어와 두 권을 더 읽고 나온다.

젊은 작가들은 제목이 기발하고 색달라서 눈에 확 띈다.

자기 계발서나 에세이 그리고 가끔은 시사 서적도 기웃거려 보지만 주로 유머 중심의 책들을 골라 읽는다.

역시 새로 나온 책을 만나려면 대형서점을 찾아가야 한다.

그래도 나는 책꽂이 사이를 돌면서 종이 냄새와 인쇄잉크 냄새를 맡으며 옛날 책도 훑어본다.

책들 속에 파묻히면 마음의 고향에 온 듯 편안하다.

책의 숲길을 이리저리 돌다가 눈에 띄는 제목의 책을 뽑아 몇 시간이고 앉아 읽고 책의 주인공이 되기도 한다.

글쎄, 폰만 들고 다니는 젊은 디지털 시대에는 아날로그 방식의 책 읽는 문화가 촌스러울지 모른다.

■ 전시관을 돌아보다 ■

우리 동네엔 북서울 시립 미술관이 있다.

서울 시청에 있는 시립 미술관 분관인데 상설 작품이 변변치 않아 관람객이 별로 없다. 게다가 가끔 전시되는 조각품과 사진전도 홍보

탓인지 작품성이 별로여서인지 관람객이 없었다.

언젠가 한국 유명작가의 작품이 전시된 적이 있었는데 잘 알려지지 않은 작품들을 빌려와 작품성에서 관람객의 호응이 별로였다. 화가들의 대표작을 빌려오려면 비용이 많이 들어서였으리라.

그래도 학교에 홍보를 해서 학생들 단체 관람으로 미술관 설립 이후 처음으로 많은 관람객이 들었었다.

그리고 지하 1층 대강당은 실버 영화관으로 운영되고 있다.

나는 동네 영어 반 친구들이랑 미술관엘 자주 갔는데 작품 감상이 아니라 2층에 있는 유리벽 카페로 차를 마시러 다녔다.

하늘과 공원이 보이는 찻집에서 삼삼오오 모여 앉아 커피를 마시며 수다 떨고 놀았다.

미술관 찻집

우리 동네에 시립 미술관이 있다
상설전시관 그림은 별로인데
2층 카페는 그럴싸하다

벽면 전체가 유리로 되어 있어
바깥 공원 경치를 내다보며
친구들과 카페라테를 마신다

베란다 돌아 끝 벽에는
이탈리아 피렌체 풍경 벽화가 있어
사진 찍는 명소가 되었다

낙엽 계절엔 황금빛 세상이
눈 내리는 겨울엔 하얀 세상이
유리벽 가득히 펼쳐진다

공원 여기저기 늘어서 있는 조각물
사계절 손들고 벌서고 있는 나무들
공원 끝에 의젓하게 앉아 있는 도서관 건물
유모차 끌며 수다 떠는 젊은 엄마들

지하실 강당으로 영화 보러 가는 노인들
모두 즐거운 풍경들이다

미술관 2층 카페 유리벽에
내 마음을 커다랗게 그려 본다

■ **서울 시립 미술관** ■

서울시청 덕수궁 돌담길을 끼고 돌면 시립미술관이 나온다.

가끔 세계 유명작가들의 작품이 전시되지만 언제나 전시되어 있는 상설전시관도 볼 만하다.

국내화가로 천경자 박수근 권영우 오승우 화백들의 기증 작품들이 전시되어 있다. 그밖에 다양하고 독특한 기획전으로 한국 추상화전, 한국 현대 구상회원 흐름전, 서울 국제 미디어 아트 비엔날레를 꼽을 수 있다.

언젠가는 샤갈 전, 마티스 전을 비롯해 피카소와 모네, 마네, 르노와르, 반 고흐 등 세계적인 명작들의 특별전이 펼쳐지기도 했다. 몇 해 전까지도 특별전이 열릴 때는 드나들었는데 나이 들어서는 잘 찾아다니지 못하고 있다.

전시회 나들이는 늙기 전에 열심히 다녀야 할 것이다.

몇 해 전에는 용산에 있는 전쟁 기념관에서도 세계적인 화가들의 특별전을 가끔 열어서 다리품만 좀 팔면 세계 명화들을 감상할 수 있었다.

그때 그림이 영상으로 돌아가고 있어 영화관에 온 느낌으로 작품 감상을 할 수 있어 환상적이었다.

■ 국공립 박물관 ■

국립 중앙 박물관 상설전시관엔 세계 여러 나라의 작품들이 전시되어 있다. 상설 전시장은 물론 특별 전시장에는 디지털 영상관이 있어 다양하게 감상할 수 있다.

그림은 물론 조각 작품들이 진열되어 있어 그 나라의 풍속까지도 엿볼 수 있다.

민속 박물관 역시 상설전과 특별전이 있는데, 특히 역사책에 없는 서민의 삶에 무게를 두고 민속적 의미를 살려서 전시한 게 특징이다.

특히 '추억의 거리'는 해방 이후 우리나라의 시대적 변천사를 고스란히 표현해서 한눈에 볼 수 있게 시대별로 꾸며 놓았다.

그래서 젊은이들은 신기해하며 부모님 세대의 생활상을 미루어 짐작하게 해 주고 노인들에겐 어린 시절의 향수를 불러일으켜 준다.

내가 12년 동안 전시 해설 자원봉사를 한 곳이다.

고궁 박물관 역시 경복궁 안에 자리 잡고 있어 지하철 경복궁역 5번 출구로 나오면 들어갈 수 있다.

역대 우리나라 왕실 살림살이를 시대적으로 전시해 놓아 많은 볼거리를 제공하고 있다.

4) 멋을 내자

■ 노년의 멋 ■

나이가 들면 화려하고 밝은 옷을 입고 가볍고 발 편한 구두를 찾는다. 스카프도 삼원색 중심의 무늬를 선호하게 되는데 어느 노인 문제 연구가의 말에 따르면,

"어떠한 상황에 처하더라도 멋을 즐길 수 있는 것은 인간답게 사는 권리"라고 했다.

노년에 들어서면 밝은색 아름다운 색이 기분을 업그레이드시켜 준다.

젊으면 젊음대로 멋이 있고 늙으면 늙음대로 멋이 있는 것이다. 곱게 늙으면 주름도 훈장이 되고 거룩한 나이테가 된다.

■ 과거는 떠나보내자 ■

지난날의 안 좋은 기억은 지워버리고

즐거운 기억은 추억으로 간직하자.

자라면서 부모·형제와의 갈등, 친구와의 충돌, 연애하면서 겪은 실연의 고통도 지내놓고 보면 아무것도 아닌 것을!

과거는 내 인생의 교훈 삼을 것만 남기고 몽땅 지워버리자.

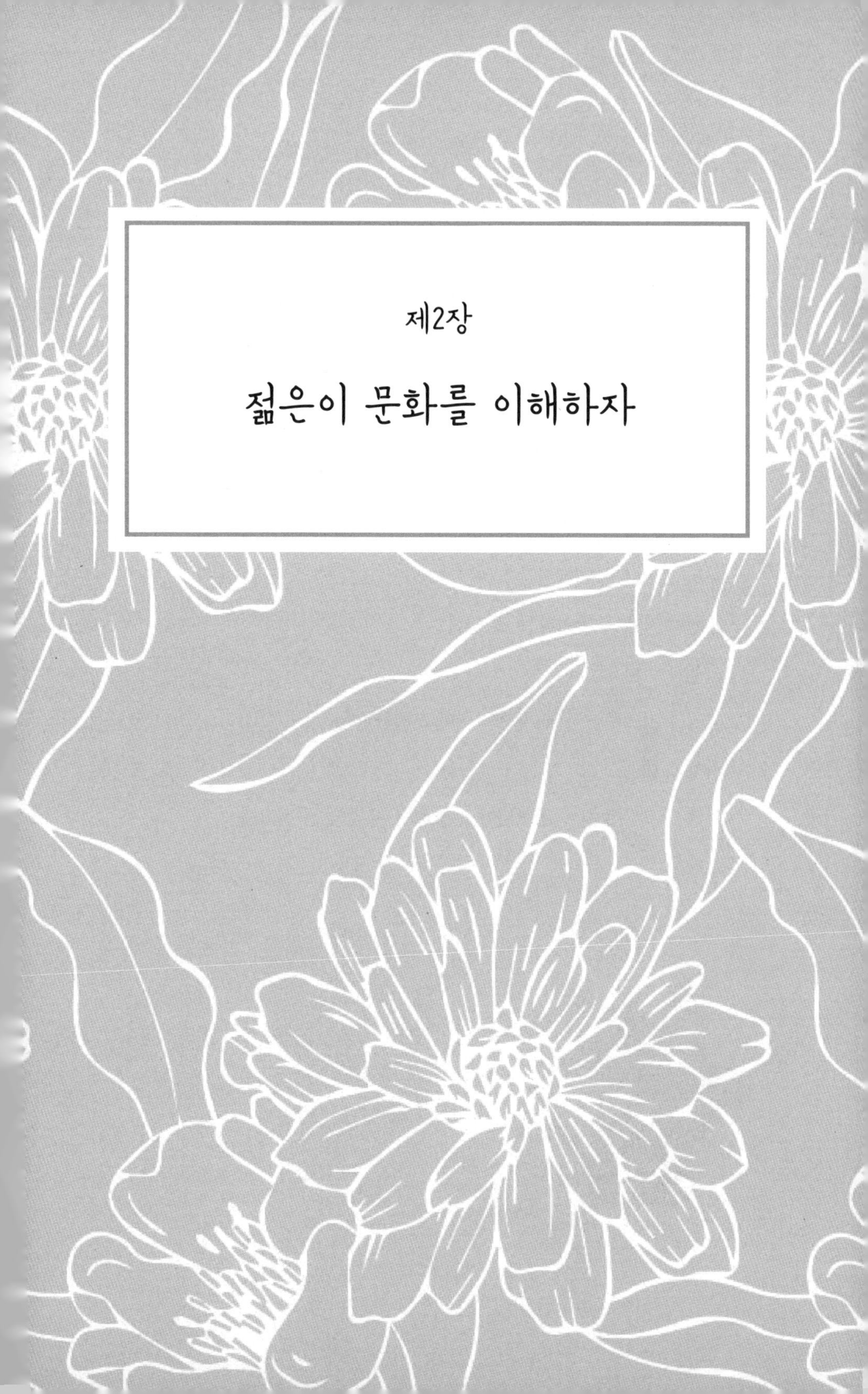

제2장

젊은이 문화를 이해하자

＊유 머

'부 활'

어느 회사 사무실에서

과장 : 자넨 부활이라는 걸 믿나?

사원 : 아니요!

과장 : 지난주에 장모 돌아가셨다고 결근했잖나?

사원 : 네에.

과장 : 그런데 자네 장모님이 부활해서 자넬 찾는 전화네.

1. 버스킹(Busking)

1) 홍대 앞 거리

길거리 공연(street performance)을 일컫는다.

버스 킹은 전 세계적으로 오래전부터 활동해 왔다. 고대시대부터 공공장소에서 공연하는 문화가 있었다.

특히 집시라 불리는 유랑 민족이 버스 킹에 능했다. 퍼포먼스로 버스킹을 택하는 예술가들도 있다.

2020년 1월 말 한국의 설 명절을 며칠 앞두고 북경 사는 손녀가 겨울방학이라고 서울의 할머니 집을 방문하였다.

그런데 구정 명절 분위기가 끝나지도 않아서 중국의 우한 폐렴(신종코로나) 때문에 모든 일상이 정지되었다.

손녀가 온 지 두 주가 되는 날, 원래는 북경 집으로 돌아가야 하는데 코로나19 땜에 보낼 수가 없어 당분간 같이 지내기로 하였다. 그런데 손녀는 낮과 밤을 바꾸어 살았다.

새벽까지 컴퓨터 앞에 앉아 공부도 하고 드라마도 본다.

밤중에는 눈이 말똥말똥하고 아침이 오면 졸음이 오는지 슬그머니 일어나 침대에 쓰러진다.

아침부터 자고 오후 늦게 일어난 손녀는 점심 겸 저녁을 차려 먹고 외출을 한다. 이때 할머니인 나는 노심초사한다.

문제는 손녀가 초저녁에 나가면 홍대 앞 거리공원으로 버스 킹 구경을 가기 때문이다.

그렇게 매일 저녁 나가 밤 자정이 다 되어 들어왔다.

아무리 마스크를 쓰고 다닌다 해도 지하철 안에서나 버스 킹 구경 인파 속에 여러 시간을 함께 있다 들어오는데 어찌 걱정이 안 되겠는가.

북경서 엄마가 들어오라고 해도 안 가고 계속 버스 킹 문화에 빠져 있는 손녀가 걱정이 되어 미워지기까지 하였다.

학원과 댄스 교습소 등이 집단 감염되고 있는데 왜 버스 킹 장소인 홍대 앞 거리 통제는 안할까 원망스럽기까지 하였다.

그러나 손녀가 겨우 고1 나이에 음악을 좋아하고 거리 공연에 그리 빠져드는 것이 대견스럽기도 하였다.

그래서 생각을 달리하기로 했다.

코로나만 아니면 그렇게 걱정할 건 아니지. 젊은이들의 문화에 응원을 해야지.

나 역시 젊은 시절 노래를 들으러 다녔지 않았는가.

2) 나의 학창 시절

■ 미 8군 위문공연 ■

한편 내가 중고등학교 시절엔 어떠했을까 생각해 보았다.

중학생 때엔 미군과 유엔군 위문공연을 다니는 미국의 유명 배우 마릴린 먼로가 내한 공연을 와서 팝송을 들려주었다.

또 고등학생 때에는 엘비스 프레슬리 주연의 '러브 미 텐더'

영화를 보고 그 주제곡에 푹 빠져 열심히 부르고 다녔다.

내가 대학생 때엔 프랑스 여가수 이베트 지로의 샹송과 또 미국 여가수 패티 페이지가 내한하여 불렀던 크리스마스 캐럴을 비롯하여 외국 여가수의 노래들을 들을 수 있었다.

그러나 무엇보다 여대생 마음을 사로잡은 것은 이화여대 강당에서 열린 크리프 리처드(Cliff Richard)의 콘서트였다.

그때 부른 'The young ones'는 여고생 여대생들의 열광적인 환호 속에 팬클럽까지 생겼다.

그런데 나는 경제적 여유가 없어 TV 화면으로 만족해야 했다. 그 대신 영화관과 극장을 다니며 내 나름대로 여고 시절의 문화생활을 즐겼다.

당시엔 여고생이 영화관 다니는 걸 통제할 때였기 때문에 머리에 머

플러를 뒤집어쓰고 2개 영화를 동시 상영하는 2류 극장을 찾아다녔다. 지금 기억나는 곳으로는 남대문 쪽에 있던 경남극장엘 제일 많이 드나들었던 것 같았다.

아직도 기억나는 영화는 '젊은이의 양지'와 '파도'이다.

■ 여성국극단 ■

또 여성국극단을 쫓아다녔는데, 그 당시엔 서대문 네거리에 있는 동양극장에서 주로 여성국극단원들이 창으로 연극을 하였는데 젊은이들의 관심을 받았다.

서양에서 말하는 뮤지컬인 셈이다.

'호동왕자와 낙랑공주'나 '평강공주와 바보온달' 등 역사적인 이야기를 노래로 만들어 창법으로 연극을 하는 거였는데 한참을 쫓아다녔다. 그 당시의 청소년 문화였다고나 할까?

요즘 버스 킹에 빠져 중독된 것처럼 보이는 손녀의 모습이 60여 년 전 내가 여성국극단을 쫓아다니던 기억을 떠올리게 하였다.

3) 비긴 어게인 코리아

나도 가끔 TV에 소개되는 해외공연을 보며 박수를 친다.

특히 북유럽이나 프랑스, 이탈리아, 스페인의 공연을 본 적이 있었다.

'비긴 어게인'이란 프로인데 지난해 가을 국내 최정상 뮤지션들이 해외의 낯선 도시에서 버스 킹에 도전한 프로였다.

한국에서는 옛 서울대학 거리와 홍대 주변이 유명하다.

2020년 5월 중순에 '비긴 어게인 코리아'가 다시 열렸다.

코로나 19로 몇 달씩 집 콕, 방콕으로 지내는 시민들을 위로하기 위하여, 인천 국제공항에서 코로나 검사로 수고하는 직원들을 위하여 공항 로비에서 열렸고,

또 자동차를 타고 나온 팬들을 위하여 자동차 극장에서 드라이브 인 버스 킹을 진행한 것이었다.

특히 인상적인 것은 항상 사람들로 북적이던 공항 청사가 텅 비어 있고 거기에 공항 직원들이 마스크를 쓰고 거리 두기로 띄엄띄엄 바닥에 앉아 박수를 치며 환호를 하는 모습이었다. 몇몇 뮤지션들은 '낯선 공항에서 노래하다' 주제에 맞게 코로나로 수고하는 모든 직원을 위로하였다.

이수현과 적대의 '별 보러 가자'와 이수현의 '보랏빛 향기'가 분위기를 한창 고조시켰다.

자동차 극장에서의 드라이브 버스 킹은 이소라 이수현 헨리 하림 크러쉬 정승환 6명의 팀이 진행하였다.

여기서 이수현의 '어떻게 이별까지 사랑하겠어. 널 사랑하는 거지'라는 긴 제목의 노랫말은 내 마음에 감동을 주었다. 게다가 이수현의 노래 부르는 모습이 귀엽고 순수해 보였다.

크러쉬가 부른 '바다처럼 깊은 사랑'도 박수갈채를 받았는데 무엇보다 그 날 결혼식을 마치고 저녁 버스 킹에 참가한 신혼부부가 있어서 이소라가 '청혼'을 불러 축하해 주자 모두의 환호를 받고 경적 소리로 박수 겸 축하를 해 주었다.

뒤이어 배우 지망생에게는 크러쉬가 'Beautiful'을 불러 격려해 주었고, 농촌 실습생에게는 이수현이 'All for you'를 불러 힘을 실어 주었다. 뒤이어 정승환이 '너였다면 어떨 것 같아'를 불러 밤의 대지에서 열린 무대를 빛내 주었다.

끝으로 6명의 가수 모두가 'Happy'를 불러 차 속의 관객들과 함께 박수 치며 흥겨운 시간을 가졌다.

원형극장처럼 커다란 공터에 둥글게 늘어선 자동차 행렬 가운데에 6명의 뮤지션들이 합창을 하자 차 안의 관객들도 함께 따라 불러 불타는 드라이브 인 버스 킹 묘미를 살려 신나는 밤 시간을 보내었다.

코로나 덕에 펼쳐진 멋진 드라이브 버스 킹이었다.

4) 해외 비긴 어게인

금년 코로나 시절의 국내 공연을 보면서 지난해 세계 여러 나라로 해외 버스 킹 다니던 J 방송의 '비긴 어게인' 장면들이 떠올랐다.

나도 지난해 우리나라 젊은 가수들이 해외를 순회하며 거리 공연하는 걸 즐겨 보던 때가 있었다.

유럽을 남북으로 나누어 2팀으로 짜서 다녔는데

제 1진은 독일 네덜란드 아일랜드 영국 스위스 쪽을 돌았고

제 2진은 헝가리 포르투갈 이탈리아 프랑스 스페인 쪽을 순회 공연한 것으로 기억된다.

그런데 어쩌다 1진 방송은 보지 못했고 2진의 공연 재방송을 보게 되어 '비긴 어게인' 2부와 3부를 볼 수 있었다.

그래서인지 패밀리 밴드 멤버 박정현 헨리 하림 이수현 김필 김헌일 6명의 뮤지션 팀은 꿀 조합 같았다.

특히 이탈리아 나폴리 항구 낯선 거리 낯선 땅에서 대중 앞에 서서 노래 하나로 관중을 웃기고 울려 감동을 준 뮤지션들!

아주 대단했고 너무 멋졌다.

세계에 국위 선양은 저절로 되었다. K팝의 전설 나라답게 버스 킹으로 한국을 세계에 알리게 된 것이었다.

■ 아베마리아 ■

'사랑보다 깊은 상처' 김필과 박정현의 듀엣곡이 매력 있었고

'오랜 날 오랜 밤' 김필과 이수현의 듀엣은 환상적이었다.

자유 시간에 헨리와 이수현이 'I'm young'을 흥얼거리고 있을 때 석양 속에서 박정현과 하림은 'You are so beautiful'을 노래했다.

해가 멀리 넘어가는 금빛 하늘 아름다운 배경에 늘어선 관객들의 박수 소리가 지는 태양을 멈추게 할 정도였다.

특히 이탈리아 동부 베로나 시의 버스 킹 마지막 곡은 베로나브라 광장(원형경기장 앞)에서 박정현이 노래한 슈베르트의 'Ave maria'였다. 너무 열창해서 관객들이 눈물을 지으며 박수갈채를 했고 대 성황리에 끝을 맺었다.

나 역시 노래를 좋아해서 국내는 물론 세계 각국으로 노래 부르러 다니는 젊은이들을 보면 박수로 응원해 준다.

오랜 날 오랜 밤

이수현, 김필 듀엣곡

별 하나 있고 너 하나 있는
그곳이 내 오랜 밤이었어
사랑해란 말이 머뭇거려도
거짓은 없었어

넌 화나 있고 참 조용했던
그곳이 내 오랜 밤이었어
어둠 속에서도 잠을 이루지 못해
흐느껴 우는 너의 목소리

그대 곁이면

그저 곁에만 있어도

행복했던 걸

그 사실까지 나쁘게 추억 말아요

오랜 날 오랜 밤 동안

정말 사랑했어요

어쩔 수 없었다는 건 말도

안될 거라 생각하겠지만

밉게 날 기억하지 말아 줘요

아직도 잘 모르겠어. 당신의 흔적이

지울 수 없이 소중해

잘 자요 안녕 그 말 끝으로

흐른 시간은 오랜 날 같았어

우린 서로에게 깊어져 있었고

나 그게 두려워

~~~ ~~~

오랜 날 오랜 밤 동안

정말 사랑했어요.

~~~ ~~~

사랑보다 깊은 상처

박정현, 김필 듀엣곡

오랫동안 기다려 왔어
내가 원하는 너였기에
슬픔을 감추며
널 보내 줬었지
날 속여 가면서

잡고 싶었는지 몰라
너의 눈물 속에 내 모습
아직까지 남아 있어
추억을 버리긴 너무 아쉬워

난 너를 기억해
이젠 말할게
나의 오랜 기다림
너 떠나고
너의 미소는 볼 수 없지만
항상 기억할게

너의 그 모든 걸

사랑보다 깊은 상처를 준 난

이젠 깨달았어

후회하고 있다는 걸

+) 2019년 가을 코로나 19 계절

패밀리 밴드 6명의 마지막 공연 피날레엔 헨리와 하림이 조용필의 '친구여'를 끝 곡으로 장식하였다.

처음부터 다 보지는 못했지만 여기저기 채널을 돌려가며 재방송을 시청하였다. 해외 버스 킹의 묘미는 그 지역의 경치와 음악을 듣는 대중을 아울러 접하게 되어 환상적이었다.

다시 말해 여행을 겸한 공연이라 너무 좋았다.

그리고 젊은이들의 오락 연예프로에 더 관심을 갖게 되었고 젊어지는 느낌이 들었다. 그러기에 멋지게 나이를 들려면 젊은이들 문화를 즐길 줄 알아야 하지 않겠는가.

2. 밤夜 문화

1) 이태원 거리

우한 폐렴(코로나19) 전염병이 지구상을 뒤덮어 두 달간을 숨죽여 살다가 5월 연휴로 그 벽이 무너졌다.

정부가 사회적 거리 두기에서 생활 속 거리 두기로 변경하자마자 젊은이들이 거리로 쏟아져 나왔다.

일시적으로 확진자 수가 줄어들었다고 사람들의 마음을 느슨하게 만든 정부 행동이 잘못이었다.

이태원 킹 클럽과 주변의 트렁크 주점, 퀸 클럽이 문전성시를 이루었으며 마스크 없이 술 마시고 춤추면서 광란의 밤을 보낸 것이었다.

특히 성 소수자 클럽이 모여 있어 '게이 바' 골목이라 일컫는 거리엔 남성들만 드나들어 여자 화장실이 없는 곳이라 한다. 혹시 여성이 따라가면 입장료가 남자의 3배이며 환영받지 못한다는데 주로 목 금 토에 열고 맥주와 과일 세트가 15~20만 원 선이란다.

이런 밤 문화는 젊은이들이 더 이상 물들면 안 될 것이다.

물론 젊은이들의 현실의 답답함은 이해하지만 그래도 너무 지나치면 안 될 것이다.

2) 나이트클럽(무도회장)

이태원 밤거리 뉴스를 보면서 내가 대학 시절 친구를 따라 신촌 로터리에 있는 나이트클럽엘 갔던 기억이 떠올랐다.

처음 간 나는 친구가 나가서 춤추는 것을 구경하며 얌전히 앉아 있는데 한 남자가 와서 손을 내밀며

"같이 추사겠습니까?"

하는 거였다. 그래서 나는 움츠리며 "난 춤을 못 춰요." 속삭이자 음악 소리에 묻혀 잘 안 들렸는지 무작정 팔을 이끌고 나가 스텝을 밟아 나갔다.

그때 음악이 트로트 리듬이었던가 남자가 리드하는 대로 따라가다가 발을 밟을 뻔하자 "처음부터 잘하는 사람 있나요"라며 위로해 주었다. 내 친구는 자주 다니던 터라 내게 눈을 찡긋해 주고는 멀리 미끄러져 갔다.

그 날이 처음이자 마지막인 나이트클럽 견학이었다.

대학 재학 중에 아르바이트로 바쁘기도 했지만, 계속 다녔다가는 정말 춤바람이 날까 봐 미리 그만두었다.

그 후 대학가에 트위스트 열풍이 불면서 나이트클럽에서 고고 춤을 추기도 하였고 또 디스코텍에는 DJ들이 있어 LP판을 틀어주며 젊은이들의 기분을 업그레이드시켜 주었다.

내가 나이 들어 만난 동네 친구 중엔 그 당시 나이트클럽에서 만나 결혼까지 한 친구가 있는데, 얼마 전까지도 부부가 클럽에 춤추러 가끔 다녔다고 했다. 멋진 커플이었다.

나도 계속 다녔다면 그때 만난 파트너와 결혼까지 했을까 생각하며 웃었다. 하룻밤의 추억이었다.

3) 콜라텍

나이트클럽에서 만나 결혼까지 한 친구는 나이 들어서도 가끔 콜라텍을 찾아다니며 아주 멋지게 노년을 살고 있다.

나도 한번 따라가 보겠다고 했는데 코로나 19에 갇혀 기회는 지나갔다.

콜라텍은 90년대에 청소년의 건전한 문화공간으로 술 대신 콜라를 마시며 디스코 춤을 추도록 했던 공간인데 운영하는 주인도 수익성이 없고 청소년들도 재미가 없어 발길이 뜸해지자 요즘은 그 자리를 노인들이 대신하고 있단다.

주로 50~60대 이상의 노년층이 저렴한 입장료를 내고 탱고 지르박 트로트 브루스 같은 사교춤을 배우는 곳으로 바뀌었다. 여전히 술은 금하고 콜라를 마시며 아침에 문을 열고 저녁이면 문을 닫는다. 밤 시간까지는 연장하지 않는다.

음악은 뽕짝이나 트로트가 대세이다.

점점 더 변화하는 세대에 맞게 예전 방식에 안주하지 않고 최신 트렌드에 맞추어 운영하고 있다.

세월이 가면

박인환

지금 그 사람 이름은 잊었지만
그 눈동자 입술은 내 가슴에 있네

바람이 불고 비가 올 때도
나는 저 유리창 밖 가로등 그늘의
밤을 잊지 못하네

사랑은 가고 추억은 남는 것
여름날에 호숫가 가을의 공원

그 벤치 위에 나뭇잎은 떨어지고
나뭇잎은 흙이 되고 나뭇잎에 덮여서
우리들 사랑이 사라진다 해도

지금 그 사람 이름은 잊었지만
그의 눈동자 입술은 내 가슴에 있네
내 싸늘한 가슴에 있네

* 유 머

■ 거인들의 골프 ■

어느 날 예수님과 모세 그리고 한 노인이 골프를 치고 있었다.

세 사람의 티샷이 모두 슬라이스 성으로 날아가 호수에 빠졌다.

먼저 예수님이 호수 위를 걸어 올라가 물 위에서 세컨 샷을 해서 온 그린!

다음은 모세가 호수의 물을 양쪽으로 갈라 호수 바닥에서 힘껏 공을 쳐 온 그린에 성공!

마지막으로 노인의 공은 물속에서 럭비공만 한 붕어가 삼켰고 그 붕어를 다시 독수리가 물었다.

그리고 독수리가 그린 쪽으로 날아가 붕어를 떨어뜨리니 붕어가 토해낸 골프공이 데굴데굴 굴러 홀컵에 들어갔다.

기막힌 이글이었다.

그러자 예수님이 노인에게

"아버지, 제발 골프는 정상적으로 치세요!"

3. 카페 문화

요즘은 카페 하면 커피 만들어 파는 집을 말한다.

원래는 가벼운 식사나 차를 마실 수 있는 식당이나 레스토랑이 프랑스어로 커피나 카페로 불리었는데 지금은 커피를 파는 집으로 변한 것이다.

예전의 프랑스 파리의 카페에서는 샹송을 불러 주기도 했다.

우리나라는 역사적으로 고종 임금의 아관파천 이후 서양의 맛 커피로 고종이 무료한 시간을 달래었다고 전해지고 있다.

후에 이 카페는 '다방' 또는 '커피숍'으로 불리었다.

1) 카공족

우리 영어반 친구 중엔 커피마니아가 있는데 온종일 커피를 입에 달고 산다. 특히 스타벅스 커피를 좋아해서 친구들이 어쩌다 스타벅스 커피가 생기면 몰아 건네준다.

그래서 가끔 영어반 모임을 대형 커피점에서 갖기도 하였다.

넓은 매장 벽면은 유리벽이고 중앙에는 길쭉하고 높은 탁자가 있어 젊은이들이 노트북을 펼쳐놓고 공부를 하고 있었다.

이들을 가리켜 '카페에서 공부하는 족속'이라고 해서 〈카공족〉이라 부른다는 것이다.

카공족은 커피나 음료를 시켜놓고 온종일 노트북을 두드린다.

또 매장 안에는 늘 아메리카노와 카페라테 또는 카푸치노를 주문하려고 줄을 서 있는 모습을 볼 수 있다.

카페에는 항상 사람이 많다. 우리처럼 나이 든 사람은 큰 컵 한 잔을 주문해서 나누어 먹어도 개의치 않아서 좋다.

작은 찻집에 가면 사람마다 차를 시켜야 하는 부담이 있다.

■ 스타벅스 ■

다국적 전문점인 스타벅스는 1971년 시애틀의 커피 동호인 3명이 시작하여 지금은 세계에 2만 3천여 개의 점포를 두었다고 한다.

우리나라엔 1999년에 들어와 2019년 1,200여 개의 점포가 생겼다.

2014년엔 스타벅스 코리아를 만들어 50%는 역수출하고 있다.

그리하여 우리나라는 공히 커피공화국이 되었다.

거리마다 젊은이들이 스타벅스 커피 컵을 들고 다닌다.

+) 로고 siren

초록 물고기 요정과 별이 그려져 있는 스타벅스 로고는 그리스 신화에 나오는 세이렌(siren – 바다의 인어)을 17세기 판화를 본떠 만들었다고 한다.

아름답고 달콤한 노랫소리로 지나가는 배의 선원들을 유혹하여 죽게 하는 것으로 알려져 이처럼 사람들이 홀려서 스타벅스에 자주 오게 만드는 것이란다.

영화 '모비 딕'에 등장하는 고래잡이배의 일등 항해사 '스타 벅'에서 이름을 따와 '스타벅스'라고 이름 지었다고 한다.

그리고 스타벅스 커피는 지옥처럼 어둡고 죽음처럼 강하고

사랑처럼 달콤하게 만들고 있다.

2) 옛날 다방

■ 르네상스 - 음악 감상실 ■

그럼 이제 나의 학창시절엔 어떻게 지냈나 기억을 더듬어 보자. 대학 같은 과 친구가 우리 동네 살고 있어 가끔 틈이 나면 종로 2가 그 당시 민주당 당사 옆 음악 감상실엘 다녔다.

클래식 음악의 산실인 '르네상스'엘 들어가면 디스크자키(DJ)가 틀어주는 모차르트나 멘델스존 차이코프스키를 들으며 사색에 잠겼던 일이 생각난다.

당시엔 음악도 잘 모르면서 DJ가 LP판 틀어주는 것과 또 희망곡으로 간단한 아리아 같은 것을 적어 주면 틀어주어 들으면서 즐거운 시간을 보냈던 기억이 난다.

특히 강릉이 본가인 내 친구는 르네상스에 자주 나타나는 경기고 3학년 학생에게 은근한 감정을 가지고 있어 내가 놀려 주곤 하였다. 그래서인지 더욱 열심히 다녔던 것 같았다.

■ **돌체 – 음악다방** ■

1970년대 다방은 손님 만나는 응접실 역할로 인텔리들이 이용하는 수준 높은 장소였다.

보통 지식인들이 모여 사회 돌아가는 것과 나라를 걱정하는 토론도 이곳에서 자주 이루어졌다.

유럽의 살롱 역할을 하는 다방이 여기저기 생겼는데 명동에 있는 청동다방은 주로 문인들과 예술가들이 자신의 집필실 겸 응접실로 사용하였다.

당시의 시인 오상순은 다방에 온종일 앉아 글을 썼고 줄담배를 피워 '공초'라는 별명까지 갖게 되었다.

나도 대학 시절 명동으로 놀러 다녔는데 어른들이 드나드는 곳보다 젊은이들이 즐겨 찾는 음악다방 '돌체'를 자주 찾았다.

주로 남자 친구들과 어울려 다녔는데 차도 마시고 음악도 듣고 심심풀이로 성냥개비 쌓기 놀이도 하며 한때를 보냈다.

여기도 DJ가 있어 희망곡을 신청하면 틀어주었다. 이렇게 다방 문화가 형성되어 흘러가고 있었다.

그 후 세월이 지나 학생들과 한량들이 번갈아 드나들면서 대중화가 되고 점점 재벌들이 운영하는 커피숍으로 변해갔다.

■ **학림다방 – 대학로** ■

한때는 대학생들이 하루 찻집을 운영하는 행사도 있었다.

불우 이웃돕기와 수재의연금을 모아 전달하였기에 젊은이는 물론 어른들의 호응도 컸다.

지금은 원남동 쪽으로 병원이 남았고 혜화동에서 대학로에 이르러 연극 무대들이 옹기종기 모여 있다. 예전의 동숭동에는 서울대학교 캠퍼스가 있었기에 대학생들의 아지트였다.

특히 대학로에는 '학림다방'이 있어서 학생이나 교수들이 모여 인생을 논하였고 문인들은 글의 소재를 찾아 드나들었으며 음악가들은 시인들의 시로 작곡을 하여 대중에게 전했다.

나는 친구 만나러 잠시 들렸을 뿐이지만 주변에 마로니에 나무가 있어 마로니에공원이라고 많이들 찾아다녔다. 많은 시인이 대학로를 무대로 노랫말을 지어 유행시키기도 했다.

한국의 현대사는 다방에서 만들어졌다고 할 만큼 도시이고 시골이고 동네마다 다방이 생겨 사랑방 구실을 하였다. 또 스포츠 중계도 다방에 모여 TV로 보며 응원해야 신이 났다.

그 사람 이름은 잊었지만

박건

루루 루루 루루루
루루루 루루 루루루
지금도 마로니에는 피고 있겠지
눈물 속에 봄비가 흘러내리듯
임자 잃은 술잔에 어리는 그 얼굴
아, 청춘도 사랑도 다 마셔 버렸네
그 길에 마로니에 잎이 지던 날

루루 루루 루루루
루루루 루루 루루루
지금도 마로니에는 피고 있겠지
바람이 불고 낙엽이 지듯이
덧없이 사라진 다정한 그 목소리
아, 청춘도 사랑도 다 마셔 버렸네
그 길에 마로니에 잎이 지던 날

루루 루루 루루루
루루루 루루 루루루
지금도 마로니에는 피고 있겠지
피고 있겠지 피고 있겠지

4. 컴맹을 벗어나자

요즘은 동네마다 지자체 활동이 잘 되어 있어 자기가 배우고 싶은 마음만 있으면 여러 가지를 배울 수 있다.

컴퓨터 활용법 셀 폰 사용법을 배워 젊은이들처럼 이용해 보자. 작년까지 우리를 지도해 주시던 영어 선생님은 73세인데도 세상과 소통하는 것을 모두 컴퓨터로 하신다.

그리고 우리에게 늘 컴맹이 되지 말라고 당부하셨다.

영어를 잘하시니 미국을 비롯한 세계 여러 나라와 소통을 하며 간간 세상 소식을 전해 주셨다. 그리하여 독신남으로 살면서도 외로움을 모른다고 하셨다.

나는 특별한 기능은 잘 모르지만, 이 메일 주고받고 인터넷으로 은행 볼일 보고 컴퓨터로 원고를 써서 책을 만들고 있다.

1) 셀폰 Sell phon을 익히자

처음부터 잘하는 사람은 없다. 젊은이들도 배우고 연습을 한다. 물론 두뇌 회전이 빠르니까 금세 배우겠지만, 우리 노인들은 반복 학습으로 익히면 따라갈 수 있다.

무엇이든 하고자 하는 열정이 있고 노력하면 된다.

요즘 지하철 안에서는 젊은이들이 폰만 들여다보고 옛날처럼 책 읽는 모습은 찾아볼 수가 없다.

하긴 엄마 뱃속에서 나오자마자 아기가 폰을 찾는다는 우스개 일화가 생겨났을 정도이다.

그러니 어린 애가 떼쓰고 난리 칠 때 달래는 데엔 폰이 최상의 역할을 한다. 울다가도 폰만 쥐여주면 뚝 그치고 거기서 만화를 찾아보며 함박웃음을 웃는다는 시절이 되었다.

이런 지경이니 5, 60대야 당연하겠지만 이제 7, 80대도 세상과 소통하려면 폰과 친하게 지내야 한다. 셀 폰의 매력은 무궁무진하다. 인간이 두뇌의 기능을 1%밖에 안 쓰고 죽는 것처럼 폰의 기능은 무한대인데 그걸 제대로 활용하지 못한다면 얼마나 안타까운 일인가.

그러니 아무리 노인이라 할지라도 셀 폰을 들고 전화 통화만 하고 지낸다면 폰한테 미안하지 않을까 생각해 본다.

수만 가지 기능을 가진 폰을 심심하게 놀리고 있으니 말이다.

나 역시 능통하진 않지만, 페이스북(face book)이나 유튜브(You tube)를 이용할 수 있고 인터넷 뱅킹을 폰으로 하니 너무 편리하다. 그리고 궁금한 것은 무엇이나 찾아볼 수가 있어 만물 백과사전이 우리 손에 들려 있는 것이라 할 수 있다.

■ 알뜰 폰 Pre-Paid ■

외국의 한 엄마가 아이들한테 셀 폰을 몇 살에 사 줘야 될까요? 하는 글을 인터넷에 올렸다.

나도 동감이 되어 생각해 보았다.

어려서 폰을 사 주면 나가 놀지 않고 집안에만 있을 게 뻔하다. 식탁에서도 거실 소파에서도 대화를 하지 않고 각자 손에 든 조그만 기계에 매여 가족의 화목이 깨질 것이다.

자연히 공부도 소홀하게 되고 그러면 성적도 안 좋고 그로 인해 부모와의 사이도 나쁘게 될 것이다. 그럴 경우 시간이 한정되어 있는 Pre-paid(영수증식 가상카드)를 권유할 수도 있다.

그런데 요즘은 초등생들도 셀 폰의 기능을 너무 잘 알아서 알뜰 폰을 사용하려 하지 않을 것이다. 오히려 외국 아이들이 더 부모의 의견을 따라줄 수도 있을 것이다.

그러나 대학생이 되고 성인이 되면 폰으로 세계를 돌며 물건을 구매하고 주식을 하는 등 백과사전으로 이용하게 된다.

내 손자 역시 주민증을 받고 대학생이 되니 폰으로 못하는 게 없다. 특히 음식 레시피를 찾아내어 요리를 곧잘 해 먹는다.

우리도 젊은이들과 소통하려면 셀 폰과 놀아야 할 것이다.

그래서 카톡 문자 보내기, 카메라 찍어 갤러리에 보관했다가 친구들에게 보내기, 페이스북이나 카카오톡 등을 이용하자.

2) 인터넷도 즐기자

또 인터넷 이용을 다양하게 즐기는 법을 배워서 세상에 뒤처지지 말자. 그래야 젊은이들에게 무시당하지 않을 것이다.

그러나 셀 폰에 매여 사는 인생들에 미국의 노배우 '클리트 이스트우드'는 말한다.

"나는 내 인생을 장난감(Sell phon)에 좌지우지 당하고 싶지 않다"

너무 폰에 빠져 사는 청소년들에게 귀감이 되는 말이다.

나 역시 노인들의 두뇌운동을 활성화시키자는 생각에서 권유하였고 또 젊은이들과 소통하게 하는 방편으로 삼고자 해서 장려한 것이지 늘 폰에 매달려 살기는 원하지는 않는다.

필요할 때 적절히 이용하자는 취지로 셀 폰 사용법을 공부하자고 한 것이다.

그러나 마치 전지전능하신 하나님의 능력 같지만, 위에 계신 그분이 우주 안테나만 거두시면 그냥 끝이다.

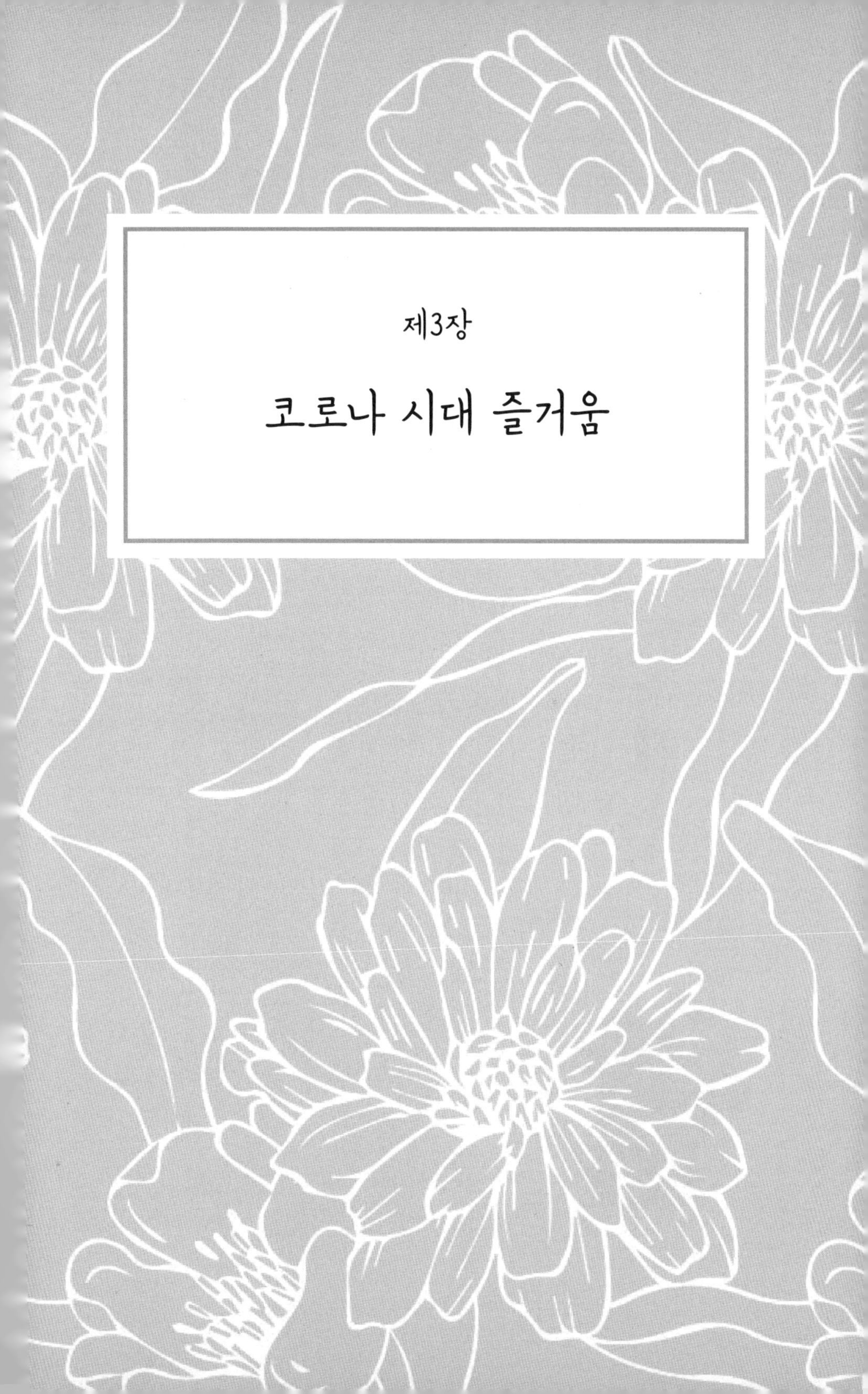

제3장

코로나 시대 즐거움

1. 트롯의 열풍

1) 미스터 트롯

2020년 거의 1년을 집콕 방콕으로 보내고 있다.

그런데 그 무료하고 답답함을 TV 조선에서 꾸민 '미스터 트롯'으로 달래고 있다.

특히 요즘은 코로나19 방역 기준이 2.5단계로 올라서 더더욱 꼼짝을 못하고 집에만 머물고 있다.

그러다 보니 집안에 갇혀 지내는 사람들은 대부분 TV에 매달려 영화를 보든가 연예프로를 보며 마음을 달래고 있다.

나의 경우는 영화나 보통의 연예 프로보다 TV조선에서 진행하는 '미스터 트롯' 재방송이나 Top 7 에 뽑힌 가수들에게 노래를 신청하는 '사랑의 콜센터'를 즐겨 보고 있다.

전국에서 응시한 1만5천 명 중에서 15명을 선발하고 그중에서 또 7명을 선발했으니 그야말로 대한민국 트롯 맨 중 엑기스를 뽑은 것이니 얼마나 대단한가!

평소에 나는 대중가요를 별로 좋아하지 않았다.

그러다 보니 별로 아는 가수와 아는 노래가 없었다.

한창 노래방 문화로 끌려다닐 때는 이미자의 '섬마을 선생님'과 '동백 아가씨', 조영남의 '친구여' 또 패티김의 '서울의 찬가'와 '이별'을 불렀다.

더 옛날 노래로는 라애심의 '백치 아다다'와 권혜경의 '산장의 여인'을 즐겨 불렀는데 주변에서 노랫말대로 인생을 살게 되니 '산장의 여인'을 부르지 말라고 해서 그만두었다.

그런데 지금은 '미스터 트롯' 덕에 노래 가사를 열심히 익히고 있다. 그래서 TV 조선에 감사하고 있다. 이런 흥미진진한 프로그램을 진행해 코로나로 힘들어하는 전 국민에게 위안을 주고 있으니 말이다.

사실 코로나가 아니었으면 이렇게나 트롯대전에 빠져들지 않았을지도 모른다.

밖에 외출을 못 하니 답답해서 TV만 돌리게 되고 그러다 보니 여기저기 재방송하는 프로를 보게 되는 것이다.

계절이 흘러 가을이 되었으나 코로나는 시들지 않아 요즘도 틈만 나면 여름내 듣던 미스터 트롯 재방송을 시청하고 있다.

TV 채널 여기저기 돌리면 온종일 들을 수 있다.

진 선 미 선발 대회를 다시 볼 수도 있고 '사랑의 콜센터'나 '뽕숭아 학당'을 보며 즐길 수 있다.

2) 김호중 팬이 되다

미스터 트롯 진선미에는 못 들었지만, 세계적인 성악가로 불리고 있는 김호중이 트롯에 도전해서 4위가 되어 안쓰러웠다. 그래서 나 홀로 짝사랑하는 팬이 되기로 하였다.

성악 발성했던 성량이라 아주 시원스럽게 노래를 정말 잘 불렀다. 부르는 노래마다 너무 감동적이었다.

트롯 시험 첫 곡으로 진성 가수의 '태클을 걸지 마'였는데 성악의 분위기를 지우고 진정 트롯으로 잘 불러 칭찬을 받았다. 그밖에 단체전은 '패밀리가 떴다'로 기부금 미션에서 1등을 했는데, 단체 대표 에이스 전 때는 첫 번째 불러 감정 처리가 잘 안 되어 '천상재회'가 호흡이 잘 안 되었다고 낮은 점수를 받았다. 그리하여 1등을 놓치는 바람에 팀원들한테 미안해 고개도 못 들었다. 그때 나는 다른 팀처럼 2인자 이찬원을 에이스 전에 내보냈어야 했다고 생각했다.

그러나 그 후에 부른 김호중의 노래는 다 좋았다.

'바람남', '그대를 향한 사랑', '무정부루스', '낭만에 대하여'와 특히 조항조 가수의 '고맙소'는 원곡자가 듀엣을 신청할 정도로 칭찬을 받았다.

■ 영화 파바로티 ■

어린 시절 부모가 헤어져 할머니와 자란 때의 불행함을 딛고 할머니의 '박수받는 사람이 되라'라는 유언대로 이제 박수 받는 가수가 되었다.

10여 년 전 SBS 방송 스타킹 프로에 출연한 계기로 5년간 독일로 유학을 다녀왔기에 세계적인 무대에 서 본 경험이 있는데 우리나라 성악 발표는 자주 있는 것도 아니고 또 대중과 소통하는 것도 아니기에 김호중은 단지 노래를 많이 하고 싶어 트롯에 도전하게 된 것이라고 했다.

그가 유학 가 있는 동안 '파바로티'라는 영화가 만들어져 상영되었다. 이 영화엔 김호중 일생이 그림처럼 그려져 있었다.

이 영화로 인해 김호중은 더욱 유명해졌다.

배우 한석규가 김호중 은사 서수용 선생님 역할을 맡아 찍은 영화로 김호중의 불행한 청소년기에 서수용 선생님을 만나 다시 음악 공부를 하며 새 출발을 하게 된 줄거리였다.

그리하여 선생님께 그 고마움을 표현하기 위해 조항조 선배의 '고맙소'를 스승님께 바치는 노래로 불러 감동을 주고 갈채를 받았다. 나 역시 김호중을 파바로티로 만들어준 서수용 선생님께 감사한다.

언제든 김천예술 고등학교로 뵈러 가고 싶다.

고맙소

이 나이 먹도록 / 세상을 잘 모르나 보다
진심을 다해도 나에게 상처를 주네

이 나이 먹도록 / 사람을 잘 모르나 보다
사람은 보여도 마음은 보이지 않아
이 나이 되어서 / 그래도 당신을 만나서
고맙소 고맙소 늘 사랑하오

술 취한 그 날 밤 손등에 / 눈물을 떨굴 때
내 손을 감싸며 괜찮아 울어준 사람
세상이 등져도 나라서 / 함께 할 거라고
등 뒤에 번지던 눈물이 참 뜨거웠소

이 나이 되어서 / 그래도 당신을 만나서
고맙소 고맙소 늘 사랑하오
못난 나를 만나서 / 긴 세월 고생만 시킨 사람
이런 사람이라서 미안하고 아픈 사람

나 당신 위해 살아가겠소 / 남겨진 세월을 함께 갑시다
고맙소 고맙소 늘 사랑하오 / 고맙소 고맙소 늘 사랑하오

3) 선발대회

개인전과 단체전이 있는데

개인전은 정해진 작곡가의 노래를 부르기와 자신의 인생곡을 부르기로 되어 있고

단체전은 팀 미션이라고 해서 4명이 한팀이 되어 퍼포먼스와 춤을 추며 노래를 하는 것이다.

실은 지난해 '미스트롯' 선발대회가 방송된 적이 있었는데 그때는 코로나 위협이 없었을 때이기도 했지만, 대개의 시청자들이 여성이라 그랬는지 관심이 적었고 매력을 못 느꼈다.

이번 미스터 트롯 팀은 5개 팀으로 나뉘어 경연을 하였다.

그중에 나는 내가 좋아하는 가수가 있는 팀 '패밀리가 떴다'를 맘속으로 응원하였다. 10대 20대 30대 40대가 한 가족으로 출연하여 '백세인생', '고장 난 벽시계', '청춘', '희망가'를 온 무대를 누비면서 춤추고 노래하는 모습에 모두가 감동하여 눈물도 흘리고 박수를 쳤다.

'청춘열차'와 '그대여 잠깨어 오라'를 김호중이 성악으로 열창하는 모습은 황홀할 정도였다. 거기에 기부금도 많이 들어와 1등을 했다.

특히 막내 정동원이 부르는 '이 풍진 세상을 만났으니~~~'는 소름이 돋을 만큼 잘 불러 장내를 숙연하게 만들었다.

4) 패밀리가 떴다

‘백세 인생’ 노래를 풍자적인 개사로 불러 박수를 받았다.

(14살 아들 정동원)

70살에 저 세상에서 날 부르러 오거든

미스터트롯 경연 때문에 못 간다고 전해라

(40살 아빠 고재근)

80살에 저 세상에서 날 데리러 오거든

장가 한번 가보기 전에는 못 간다고 전해라

(24살 삼촌 이찬원)

90살에 저 세상에서 날 데리러 오거든

진또배기 진또배기 땜에 못 간다고 전해라

(30살 엄마 김호중)

100살에 저 세상에서 날 데리러 오거든

미스터 트롯 1등 하기 전에는 못 간다고 전해라

‘청춘’(열차)를 타고 가창 역 출발하여

‘고장 난 벽시계’

‘다함께 차차차’

‘젊은 그대’

‘희망가’ 마지막 역까지 춤추며 노래하였다.

콘서트장에 온 것 같다고 마스터들의 극찬을 받았다.

- 작곡가 미션 '바람남'을 부르는 김호중

(출처 : TV조선 내일은 미스터트롯)

- 팀 미션 '패밀리가 떴다'에서 고재근 정동원 김호중 이찬원 4가족이 마지막 '희망가'를 부르고 마스터들의 평가를 기다리고 있다.

(출처 : TV조선 내일은 미스터트롯)

2. Top 7 가수 탄생

그밖에 전체 최종 '진'으로 선발된 임영웅은 감성의 장인이었다.

'어느 60대 노부부 이야기'는 정말 감성이 넘친 노래였고

'선'으로 선발된 영탁은 '막걸리 한 잔'으로 시청자를 사로잡아 탁주를 개발해야 한다는 말까지 나올 정도였다.

'미'로 선발된 이찬원은 '진또배기'로 장내를 흔들었다.

그리고 소리의 기술자라는 장윤정 마스터의 칭찬을 들었다.

4위로 등장한 트바로티 김호중은 '태클을 걸지 마'를 불러 원곡자 진성 가수는 물론 마스터들의 마음을 감동시켰다.

게다가 노래 부를 때마다 천상의 소리를 들은 관객들은 황홀하여 눈시울도 적시며 박수를 아끼지 않았다.

5위는 13살 트롯천재 정동원으로 색소폰 연주가 구성지게 감동의 물결을 이루었고 거기에 진성 가수의 '보릿고개'를 불러 원곡자의 눈에 눈물을 흘리게 하였다.

6위의 만형 장민호는 '역전인생'으로 24년 무명시절을 벗었고 7위의 김희재는 해군 병장으로 전역하면서 '나는 남자다'를 불러 신동 출신의 경력을 인정받았다.

1위 임영웅

미스터트롯 진 히어로 가수가 부른 노래 중에 가장 감동적인 노래는 김광석의 '어느 60대 노부부의 이야기'였다.

요즘 같으면 아마 80대 노부부라고 제목을 붙였을 것이다.

어느 60대 노부부의 이야기

곱고 희던 그 손으로 / 넥타이를 매어 주던 때
어렴풋이 생각나오 / 여보 그때를 기억하오?

막내아들 대학시험 뜬눈으로 / 지새던 밤들
어렴풋이 생각나오 / 여보 그때를 기억하오?

세월은 그렇게 흘러 / 여기까지 왔는데
인생은 그렇게 흘러 / 황혼에 기우는데

큰딸아이 결혼식 날 / 흘리던 눈물방울이
이제는 모두 말라 / 여보 그 눈물을 기억하오?

세월이 흘러가네 / 흰머리가 늘어가네

모두 다 떠난다고 / 여보 내 손을 꼭 잡았소

세월은 그렇게 흘러 / 황혼에 기우는데

다시 못 올 그 먼 길을 / 어찌 혼자 가려 하오

여기 날 홀로 두고 / 여보 왜 한마디 말이 없소

여보 안녕히 잘 가시게 / 여보 안녕히 잘 가시게

– 본선에서 진의 왕관을 쓴 임영웅

(출처 : TV조선 내일은 미스터트롯)

2위 영탁

막걸리 한 잔

막걸리 한 잔

온 동네 소문났던 천덕꾸러기

막내아들 장가가던 날 / 앓던 이가 빠졌다며 덩실 더덩실

춤을 추던 우리 아버지 / 아버지 우리 아들 많이 컸지요?

인물은 그래도 내가 낫지요 / 고사리손으로 따라주던 막걸리 한잔

아버지 생각나네

(후렴)

황소처럼 일만 하셔도 / 살림살이는 마냥 그 자리

우리 엄마 고생 시키는 / 아버지 원망했어요!

아빠처럼 살긴 싫다며 / 가슴에 대못을 박던

못난 아들 달래주시며 / 따라 주던 막걸리 한 잔

(후렴 2회 부르고) 따라주던 막걸리 한 잔

·미스터 트롯 선발 때 부른 '막걸리 한 잔'은 류선우 작곡가의 곡인데 영탁 때문에 탁걸리가 나와야 한다고 난리였다.

3위 이찬원

진또배기

배 띄워라 노를 저어라

파도가 노래한다 춤을 춘다

진또배기 진또배기 진또배기

오리 세 마리 솟대에 앉아 물불 막아주는

진또배기 진또배기 진또배기

모진 바람을 견디며

바다의 심술을 막아주고

말없이 마을을 지켜온

진또배기 진또배기 진또배기

어허듸야 허야듸야

풍악을 울려라 만선이다 /신나게 춤을 추자 풍년이다

진또배기 진또배기 진또배기

어허듸야 허야듸야 진또배기

· 원곡자는 가수 이성우였다는데 2018년 12월 췌장암으로 세상을 떴다고 이찬원이 선곡을 하고 나서 알았다고 했다.

4위 김호중

태클을 걸지 마

어떻게 살았냐고 묻지를 마라
이리저리 살았을 거라 착각도 마라
그래 한때 삶의 무게 견디지 못해
긴긴 세월 방황 속에 청춘을 묻었다
어 허허 어 허허
속절없는 세월 탓해서 무얼 해
되돌릴 수 없는 인생인 것을
지금부터 뛰어 앞만 보고 뛰어
내 인생에 태클을 걸지 마
(여기까지 2회 연속 부르고)
내 인생에 태클을 걸지 마
내 인생에 태클을 걸지 마

·미스터 트롯 대회 마스터로도 나온 진성 가수의 노래인데 현재의 김호중의 심정과 똑같은 것 같아 가슴이 뭉클하였다. 성악가로 트롯 대회에 나왔다는 것은 큰 결심이었을 것이다. 오로지 노래를 하고 싶고 대중들과 소통하고 싶어 나왔다고.

5위 정동원

보릿고개

아 야 뛰지 마라 / 배 꺼질라

가슴 시린 / 보릿고개 길

주린 배 잡고 / 물 한 바가지

배 채우시던 / 그 세월을 어찌 사셨소

초근목피의 그 시절 / 바람결에 지워져 갈 때

어머니 설움 / 잊고 살았던

한 많은 / 보릿고개여

풀피리 꺾어 불던 슬픈 곡조는

어머님의 한숨이었소

풀피리 꺾어 불던 슬픈 곡조는

어머님의 통곡이었소

(2회 반복 부르기)

·이 노래도 진성 가수가 원곡자인데 어린 시절 실제 겪은 이야기를 가사로 지어서 곡을 붙인 거라 감회가 깊어 14살짜리 정동원 군이 노래를 부르는 내내 눈물을 흘리고 있었다.

6위 장민호

역쩐 인생: 가난한 남자

돈 없다고 무시하지 마 / 사람 일 아무도 몰라

돈 있다고 으스대지 마 / 뒤통수 맞을지 몰라

세상만사 다 그래도 / 나만큼이라도

그렇게 살지 말자 / 돈은 있다가도 없고

없다가도 있고 / 돌고 도는 인생

신나게 가즈아 / 힘차게 가즈아

한 번뿐인 인생 / 별거 없는 거야

맘껏 펼쳐 봐 / 다함께 웃자

더 크게 웃자 / 오늘도 가겠지만

내일이 오겠지만 / 역쩐 인생 기다려라

난 가난한 남자 / 아니 행복한 남자

돈 없다고 주눅 들지 마 / 실팬 성공의 어머니

돈 있다고 잘난 체 마라 / 내일은 아무도 몰라

(2회 부르고)

난 난 난, 난 난 난

정말 가난한 남자 / 아니, 아니 행복한 남자

난 가난한 남자

7위 김희재

사랑은 어디에

아 ~ ~ ~

아무도 모르게 살아온 지난날 / 후회도 미련도 없네

지나온 날들 뒤돌아보니 / 머나먼 고향 같구나

덧없는 인생길에 / 때로는 방황도 했지만

아 아 외로움이 스치면 / 한 잔 술에 씻어버렸네

아 아 사랑이 그리워지면 / 노래를 불러 보리라

이젠 미움도 그리움도 / 모두 다 흘러갔네

사랑을 찾아서 노래를 찾아서 / 바람처럼 구름처럼 살아가리라

하늘이여! 하늘이여!

당신이 주신 사랑은 어디에 / 사랑은 어디에

아 아 사랑이 그리워지면 / 노래를 불러 보리라

이젠 미움도 그리움도 / 모두 다 흘러갔네

사랑을 찾아서 노래를 찾아서

바람처럼 구름처럼 살아가리라

하늘이여! 하늘이여!

당신이 주신 사랑은 어디에

사랑은 어디에 / 아 ~ ~ ~

3. 사랑의 콜센터

미스터 트롯에서 최종으로 선발된 Top 7 가수는 매주 1회씩 '사랑의 콜센터' 프로를 진행해 코로나19로 갇혀 지내는 사람들에게 위로를 주었다.

시청자의 전화 신청으로 지적된 가수가 신청곡을 받아 노래방 기계 앞에서 노래를 불러 점수를 확인하며 즐기는 프로였다.

요즘 노래방에 갈 수 없는 시청자들의 대리 만족 프로였기에 TV 조선 PD들의 아이디어가 돋보였다.

더욱이 사회를 보는 김성주 MC와 붐이라는 품질 관리부장의 재치 있는 유머 장면은 시청자의 환호를 받을 만큼 매력이 있어 보기 좋았다.

전 연령대의 시청자를 즐겁고 행복하게 만들어주었다.

전국 각지에서 신청이 쇄도하는데 거기에 뽑혀 전화를 받게 되는 시청자는 행운이었다. 선택된 가수의 점수가 100점이면 가전제품 선물을 뽑아 보내주기 때문이다.

또 어느 지역이 선정되면 그 고장의 대표적인 특산물과 풍광이 펼쳐지는데 마치 풍선을 타고 여행을 다니는 기분이었다.

그리하여 코로나 속의 봄여름 가을을 '미스터 트롯' 방송에 빠져 살았다.

나의 젊은 시절엔 대중가요를 별로 좋아하지 않아 중년 이후에 노래방 문화가 한창일 때도 친구들 따라가서 겨우 부른다는 게 가곡 몇 곡 부르면 밑천이 다 떨어졌다.

그런데 이번 코로나 덕에 트롯을 들으며 새로운 매력을 느꼈다. 노래 자체도 좋지만, 노랫말에 더 관심을 갖게 되었다.

노래하는 장면마다 화면에 뜨는 노래 가사를 읽으며 젊은 시절 추억에 잠겨 보았다.

아름다운 지난날을 생각하며 행복감에 젖어보기도 했다.

먼저 떠나간 친구들 하나하나 기억을 하며 "함께 했을 때 즐거웠소. 내가 당신들 몫까지 더 살고 갈 테니 거기서 날 기다려 주오! 그때 반갑게 만납시다."고 생각의 말도 하였다.

특히 임영웅이 부른 '보라 빛 엽서'나 김호중이 부른 '낭만에 대하여'는 내 안에 그리움을 심어주고 지난날의 행복을 다시 끄집어내 주었다.

또 13살짜리 색소폰 부는 정동원은 그야말로 트롯천재였다.

노인들 시대의 노래를 경험한 것처럼 천연덕스럽게 잘도 뽑아댄다. 어린 시절 할아버지의 영향을 많이 받았다고 했다.

특히 내가 감동한 것은 김종환의 '여백'을 부를 때였다.

어른이 부르는 것보다 더 또렷이 마음에 와 닿았다.

– 사랑의 콜센터 Top 7

(출처 : TV조선 내일은 미스터트롯)

– 김호중이 ‘My way’를 열창하고 있다.

(출처 : TV조선 내일은 미스터트롯)

보라 빛 엽서

보라 빛 엽서에 실려 온 향기는
당신의 눈물인가 이별의 마음인가
한숨 속에 묻힌 사연 지워보려 해도
떠나버린 당신 마음 붙잡을 수 없네

오늘도 가버린 당신의 생각에
눈물로 써내려간 얼룩진 일기장엔
다시 못 올 그대 모습 기다리는 사연
(2회 연속 부른다)

+) 설운도 가수의 노래인데 과연 미스터 트롯 진답게 감성이 풍부하게 불러 가슴이 녹아내리는 듯한 정서 가득한 음색이 정말 감미로웠다.

낭만에 대하여

궂은 비 내리는 날
그야말로 옛날식 다방에 앉아
도라지 위스키 한 잔에다
짙은 색소폰 소릴 들어 보렴
새빨간 립스틱에
나름대로 멋을 부린 마담에게
실없이 던지는 농담 사이로
짙은 색소폰 소릴 들어 보렴
이제 와 새삼 이 나이에
실연의 달콤함이야 있겠냐마는
왠지 한 곳이 비어 있는 내 가슴이
잃어버린 것에 대하여

밤늦은 항구에서
그야말로 연락선 창가에서
돌아올 사람은 없을지라도
슬픈 뱃고동 소릴 들어 보렴
첫사랑 그 소녀는
어디에서 나처럼 늙어갈까

가버린 세월이 서글퍼지는

슬픈 뱃고동 소릴 들어 보렴

이제 새삼 이 나이에

청춘의 미련이야 있겠냐마는

왠지 한 곳이 비어 있는 내 가슴에

다시 못 올 것에 대하여

낭만에 대하여

+) 최백호 가수의 이 노래는 가끔 들었던 기억이 난다.
'낭만에 대하여'라는 제목이 매력적이어서 좋아했던 것 같다.
그런데 이번 미스터 트롯의 '사랑의 콜센터'에서 김호중이 불러
다시 젊은 날의 낭만을 추억으로 떠올리게 되었다.

전에도 이런 노래가 있다는 것은 알았지만 별로 들을 기회가 없었기에 추억이 새로웠다.
그런데 팀 미션 당시엔 마스터들의 낮은 점수를 받아 많이 아쉬웠다.

더욱이 이번 미스터트롯 대회에서는 김호중이 할머니 생각을 하며 부른다기에 열심히 듣고 가슴이 뭉클하였다.
그리고 내가 젊은 시절 사랑했던 사람들을 먼저 떠나보내고 아파했던 마음이 다시 떠올라 위로를 받게 되어 감사하였다.

또한, 이번에 김호중이 부른 노래 중에 '무정부루스' (강승모)도 노랫

말에 추억을 되살리게 해 주어 좋았다.

그리고 시청자의 신청곡으로 부른 '그대 향한 사랑'(김동규)과 'MY Way'(프랭크 시내트라)는 각각 원곡자보다 더 잘 부른 것 같았다.

과연 성악곡을 불러도 대중가요를 불러도 완벽하게 불러 시청자들을 감동시키고 갈채를 받게 되다니 나 홀로 생각하는 짝사랑 팬이지만 너무 감격스러워 기뻤다.

여백

얼굴이 잘생긴 사람은 / 늙어가는 게 슬프겠지
아무리 화려한 옷을 입어도 / 저녁이면 벗게 되니까
내 손에 주름이 있는 건 / 길고 긴 내 인생의 훈장이고
마음에 주름이 있는 건 / 버리지 못한 욕심의 흔적

청춘은 붉은색도 아니고 / 사랑은 핑크빛도 아니더라
마음에 따라서 변하는 / 욕심 속 물감의 장난이지
그게 인생인 거야
전화기 충전은 잘하면서 / 내 삶은 충전을 못 하고 사네
마음에 여백이 없어서 / 인생을 쫓기듯 그렸네

청춘은 붉은색도 아니고 / 사랑은 핑크빛도 아니더라
마음에 따라서 변하는 / 욕심 속 물감의 장난이지
그게 인생인 거야
전화기 충전은 잘하면서 / 내 삶은 충전을 못 하고 사네
인생을 쫓기듯 그렸네 / 마지막 남은 나의 인생을
아름답게 피우리라 ~ ~ ~

+) 김종환 가수 겸 작곡가의 노래인데 14살짜리 정동원 군이 원곡자도 놀랄 만큼 잘 불러 어른들 가슴을 숙연케 했다.
그밖에 내가 좋아하는 김호중은 '천상재회'를 불러 시청자의 병을 고쳐 주었다는 뒷얘기가 있었다. 나 역시 많은 위로와 감명을 받았다.

4. Top 6와 선배들의 대결

사랑의 콜센터 방송에서는 가끔 Top 7에 들지 못한 레인보우 팀 7명과 Top 7을 대결하게도 했고 김호중이 군에 입대하노라 빠지고 나서 6명이 진행할 때는 현역 남녀 가수들과 대결하게도 하면서 프로를 재미있게 진행했다.

나는 김호중이 빠지기 전까지는 열심히 보았는데 6:6 대결부터는 가끔 보게 되었다. 그래도 젊은 현역보다 선배 가수들의 대결은 볼 만하였다. 신인 가수들이 현역 선배들과 대결해서 점수를 많이 받으면 박수를 쳐주었다.

그리고 미처 그 시간에 보지 못한 것은 채널 여러 곳을 돌려가며 재방송으로 트롯 프로를 볼 수 있어 좋았다.

이번에 트롯 열풍에 빠지면서 그동안 별로 좋아하지 않아 듣지 않던 대중가요에 관심을 갖게 되었다.

특히 사실을 나열한 노랫말에 매력을 느껴 감동을 받은 것을 적어보기도 하였다.

참 노래의 종류도 많고 또 그 노래를 부른 가수도 그렇게나 많은 줄 몰랐다.

작곡가 미션 때 김지환 김경범 작곡 그룹 '알고 보니 혼수상태'라는 이름을 보고 놀랍고 의아한 충격도 잠깐 ㅎㅎㅋㅋ 웃음이 터져 나왔다.

미스터 트롯 2위를 한 영탁이 부른 '찐이야'를 만든 작곡자들 그룹이었다.

또 1위를 한 임영웅에게 그 팬들이 카페에 모여 신청한 노래 제목이 신선한 충격이었다. 돌아서면 잊어버리는 나이가 되어서 그 제목을 외우느라 시간이 좀 걸렸다.

나훈아의 '세월 베고 길게 누운 구름 한 조각' ㅎㅎㅋㅋ

결국, 하늘에 떠 있는 구름을 설명한 것인데 관심을 끌도록 멋진 그림으로 표현한 것이다. 시인의 느낌으로!

이밖에 가수 겸 MC 붐이 결성한 '뽕숭아 학당'도 트롯 7중에 4명을 주연으로 하고 캐스트를 초청해 가며 프로 진행을 하고 있다. 거기서 김호중 정동원 김희재는 제외되어 있었다.

그리고 선배 가수 조항조가 부른 '아담과 이브처럼'은 나훈아가 만든 노래라는데 가장 원초적인 사랑의 메아리 같았다.

천상재회

천상에서 다시 만나면 / 그대를 다시 만나면

세상에서 못다 했던 사랑을 / 영원히 함께 할래요

그대는 오늘 밤도 내게 올 수는 없겠지

목메어 애타게 불러도 / 대답 없는 그대여

못다 한 이야기는 눈물이 되겠지요

나만을 사랑했다는 말 / 바람결에 남았어요

끊을 수 없는 그대와 나의 인연은 / 운명이라 생각했죠

가슴에 묻은 추억의 작은 추억들 / 되돌아 회상하면서

천상에서 다시 만나면 / 그대를 다시 만나면

세상에서 못다 했던 그 사랑을 / 영원히 함께 할래요

천상에서 다시 만나면 / 그대를 다시 만나면

세상에서 못다 했던 그 사랑을 / 영원히 함께 할래요

세상에서 못다 했던 사랑을 / 영원히 함께 할래요

5. 나훈아 콘서트

2020 나훈아 콘서트 '대한민국 어게인'을 KBS2에서 추석 특집으로 밤 시간에 2시간 반을 방영하였다.

15년 만에 돌아온 가황 나훈아는 코로나19 장기화로 온 국민이 힘들어하고 지쳐있는 상황에서 내가 가만히 있어서는 안 되겠다 뭔가 해야겠다는 절박함에 이번 공연을 하게 되었다는 심경을 밝혔다.

그리하여 코로나로 지친 국민들을 위로하고 감사와 즐거움을 전달하고자 공연을 기획하였고 또한 가만히 있으면 두고두고 후회할 것 같아 화려한 컴백을 결심하게 되었다고 했다.

그리고 '다시보기 서비스가 없는 공연 같은 방송'을 노 캐런티로 출연하여 직접 무대를 댄스와 오케스트라 등 다양한 퍼포먼스로 진두지휘하였다.

그렇게 하여 카리스마 넘치는 모습의 가황 나훈아의 감동과 에너지가 온 국민에게 퍼져나갔다.

특히 방송 1주 전에 언택트(비대면) 회원 1천 명의 신청을 받아 최초로 공연 방송을 했는데 나훈아였기 때문에 가능했다.

과연 한 세기에 한 명 나올만한 천재 음악인이 확실하다.

하긴 그동안 3천여 곡을 작사 작곡했다니 천재가 분명하다.

테스 형

어쩌다가 한바탕 턱 빠지게 웃는다
그리고는 아픔을 그 웃음에 묻는다
그저 와 준 오늘이 고맙기는 하여도
죽어도 오고 마는 내일이 두렵다
아, 테스 형! 세상이 왜 이래, 왜 이렇게 힘들어
아, 테스 형! 소크라테스 형, 사랑은 또 왜 이래
너 자신을 알라며 툭 내뱉고 간 말을
내가 어찌 알겠소, 모르겠소, 테스 형

울 아버지 산소에 제비꽃이 피었다
들국화도 수줍어 샛노랗게 웃는다
그저 피는 꽃들이 예쁘기는 하여도
자주 오지 않는 날 꾸짖는 것만 같다
아, 테스 형! 아프다 세상이 눈물 많은 나에게
아, 테스 형! 소크라테스 형, 세월은 또 왜 이래
먼저 가 본 저 세상 어떤가요? 테스 형
가보니까 천국은 있던가요? 테스 형

아, 테스 형! 아, 테스 형! 아, 테스 형! 아, 테스 형
아, 테스 형! 아, 테스 형! 아, 테스 형! 아, 테스 형!

나훈아의 노래는 노래방 기계를 아마 절반을 차지했을 정도로 많이 있을게다. 노래방 다녀 본 기억이 아련해서 무슨 곡들이 유명한지 또 일반 대중과 가수들의 선호도가 달라서 무슨 노래가 심금을 울리는지는 잘 모르겠다.

그 많은 노래의 가사와 곡을 모두 자신이 만들었다니 진정 천재 뮤지션임엔 틀림없다.

그러니 그 많은 노랫말을 다 늘어놓을 수도 없고.

그래서 최근 가슴에 남는 것을 택하여 적어 보았다.

'테스 형'은 이번 콘서트에 공연된 신곡으로 소크라테스의 철학을 인용한 것 같아 마음에 들어왔고

'아담과 이브처럼'은 오래된 곡인 듯싶은데 최근 '사랑의 콜센터'에서 조항조가 불러 내 마음에 들어왔다.

창세기에 등장한 최초의 남녀 사랑 이야기를 노랫말로 풀어서 곡을 부쳐 부르니 너무 아름다운 명화의 한 장면 같았다.

오, 아담과 이브의 원초적인 사랑!

아담과 이브처럼

난 그냥 니가 왠지 좋아
이유도 없이 그냥 그냥 좋아
난 너를 사랑하고 싶어
사랑에 빠지고 싶어
사랑은 아마 그런 건가 봐
가슴이 저려 오네요
그리움이 이런 건가 봐
자구만 자꾸만 눈물이 나요

오렌지 빛 노을 창가에
와인 잔에 입맞춤으로
사랑을 마시고 싶어
사랑을 꿈꾸고 싶어
난 그냥 니가 정말 좋아
이유도 없이 그냥 좋아
난 너를 모두 알고 싶어
벗어버린 아담과 이브처럼
그래 난 널 정말 사랑하나 봐

6. 코로나 시절의 건강

일상에서 매일 헬스장 다니며 운동하던 것이 정지되었다.

그리하여 우리 동네 개울가로 운동을 다니기 시작하였다.

동네 사람 모두가 시간차를 두고 걷기운동을 부지런히 하고 있다.

나는 봄가을엔 저녁나절에 다녔고 여름에는 새벽 시간에 또 겨울철에는 하루 중 가장 따듯한 낮 시간에 운동을 하러 다녔다. 걷기운동을 좀 하다가 운동 기구로 근육운동을 하게 되니 건강을 챙기는 데 많은 도움이 되었다.

■ 운동 기구로 근육운동을 ■

8·15 해방 기념일을 기점으로 코로나가 더욱 심해져서 사회적 거리두기가 2.5단계로 실시되고 공공장소는 모두 폐쇄되고 오로지 동네 개울 당현천으로 나가 놀아야 했다.

걷기 운동하다가 다리가 아프면 중간중간 놓여 있는 벤치에 앉아 흐르는 냇물을 바라보고 물가에 노닐고 있는 백로 모습을 지켜보며 시간을 보내곤 하였다.

게다가 당현천 옆 성서대학 벚꽃 길은 1km 정도의 거리인데 봄에는 벚꽃나무가 아치를 이루어 아주 멋진 산책길이다.

20분쯤 걸어 아치길이 끝나면 운동 기구들이 늘어서 있다.

운동 기구 중에 자전거 운동 기구가 있는데 내게는 맞춤형 기구라 좋았다.

작년에 수술한 무릎치유과정으로 좋았고 또 아직 수술 안 한 다른 쪽 무릎은 예방 차원에서 아주 좋은 운동 기구였다.

그밖에 파도타기 공중걷기 팔 근육운동 기구와 몸 회전운동 기구를 이용하는데 새소리 예쁘고 하늘이 아름답고 아래로는 흐르는 냇물 소리를 들으면서 천상의 기쁨을 누리게 된다.

비록 마스크를 쓰고 냇가를 걷고 있지만, 눈으로 많은 볼거리를 볼 수 있어 즐겁고 행복하다.

야외라 마스크를 안 써도 되겠지만, 걷기운동 하는 사람들끼리 서로 오가며 마주칠까 봐 되도록 마스크를 쓰고 다닌다.

한여름에 마스크를 쓰고 다니는 게 고역일 수도 있지만, 이웃과의 예의로써 꼭 마스크를 써야 했다.

다만 주변에 아무도 없을 때 잠시 벗고 숨을 고르기도 했지만 아주 조심해야 한다는 점을 명심하였다.

이렇게 하여 코로나 시절에도 건강을 챙기느라 노력하며 즐겁게 지내고 있다. 나이 들어 자식에게나 사회의 짐이 되지 않도록 하려면 죽는 날까지 운동을 해서 건강하게 지내야 한다. 건강도 부지런해야 유지할 수 있다.

(월간 '아름다운 동행' 공모 우수작)

7. '코로나 19'로 인한 감사

아무것도 아닌

'그 하찮은 것'에 의해 흔들리는 인류

그리고 무너지는 사회

코로나바이러스라 불리는

작은 미생물이 지구를 뒤집고 있다

아프리카 오지의 나라 '차드'의 문인 무스타파 달렙의 글이다.

2020년 1월 말 구정 명절 분위기가 끝나기도 전에 중국 우한 지역 폐렴이 전염병이 되어 우리나라에 상륙하였다.

'코로나 19'라 불리는 전염병은 삽시간에 온 세계로 돌격하여 많은 희생자를 배출하였다.

순간 중세기에 유럽을 휩쓴 페스트 생각이 났다. 당시 유럽 인구의 3분의 1의 사망자를 내었다는데 제발 이번만은 큰 사상자 안내고 통과했으면 좋겠다.

1) 손녀의 버스 킹 사랑

북경에서 엄마와 살고 있는 손녀가 겨울방학이라고 할머니 집에 아빠를 만나러 왔다. 구정 며칠 전에 왔는데 손녀가 와서 명절을 보내고 1주일쯤 지나서 난리가 난 것이다.

두 주간 계획으로 서울에 온 손녀는 코로나 사태가 나서 북경 집으로 돌아갈 수가 없어 두 달 가까이 할머니 집에 머물게 되었다.

그런데 한국에 있는 동안 홍대 앞 광장으로 버스 킹 공연 구경을 거의 매일 밤 나가는 것이었다. 아무리 마스크를 하고 다녀도 1시간 넘게 타고 다니는 지하철 안에서 또 버스 킹 장소에서 스치는 많은 관객 속에 알려지지 않은 확진자가 있을지도 모른다는 염려에 나는 가슴앓이를 하며 지냈다.

또 손녀는 낮과 밤을 바꾸어 산다.

밤새 인터넷을 켜고 연예프로와 드라마를 보다가 새벽녘이 되어서 침대로 간다.

미국처럼 반대편에 살아야 하는 일상이다.

북경은 1시간밖에 차이가 안 나는데 왜 그런지 모르겠다.

북경 자기 집에서 어찌 아침에 일어나 학교엘 다녔을까 의아했다.

3월 신학기가 되자 온라인 수업을 들으며 낮에 잠깐 일어나 수업을 듣고 또 잠자리에 들어 저녁에 일어나 밥을 챙겨 먹고 버스 킹 구경을 나간다.

북경에서 엄마가 학교 개강했으니 들어오라고 했고, 할머니인 내가 그만 보내라고 했더니 아빠한테 졸라 홍대 앞에 방 하나 얻어 두 주간을 채우고 3월 중순에 떠났다.

4월부터는 학교 등교를 해야 한다며 집에서 두 주간 자가 격리 시간을 남겨서 갔다.

그 후 집에 도착해 자가 격리 잘 마치고 학교 수업을 받고 있다고 해서 안도하였다.

보내 놓고 나니 그런 불규칙한 손녀 생활이 못마땅해서 따듯하게 품어주지 못한 게 오래도록 맘에 걸려 미안하였다.

그래도 언젠가 롯데백화점에서 유니클로 검정 스웨터를 사다 주었더니 좋은 표정으로 받던 기억과 쿠우쿠우에 가서 아빠랑 셋이 식사 한 번 했던 기억이 손녀와의 추억으로 남아 있어 위로가 되었다.

뜻하지 않게 손녀와 함께 두 달 가까이 지내게 된 것은 이 또한 '코로나 19' 덕분이 아닌가 하고 감사한 생각이 들었다.

2) 작은아들 집에서 보름을 살다

3월 말 미국 텍사스 주 댈러스에서 유학 중인 손자한테서 연락이 왔다.

고3인데 학교에서 온라인 수업을 할 것이니 본국으로 돌아가라고 귀국을 권유했다고 했다.

그리하여 서울에 있는 아들이 서둘러 비행기 표를 사 보냈고 손자가 4월 초 귀국을 하게 되었다.

그런데 귀국을 하게 되면 두 주간을 자가 격리해야 하니 할머니인 내가 어디로 피난을 가야 한다고 했다.

그래서 갑자기 병점에 사는 작은아들한테 사정을 이야기하고 밀고 들어갔다.

이튿날 손자가 귀국하는 날엔 큰아들이 인천공항에 나가 만났지만, 마스크 쓰고 제대로 반갑다는 포옹도 못 했을 것이다.

그날은 공항에서 걸려온 손자와의 전화로 잠깐 통화만 했다.

졸지에 군식구를 떠안은 작은아들과 며느리는 별 내색 없이 안방을 엄마한테 내주고 거실 마룻바닥에서 보름을 지내었다. 미안하지만 어쩔 수 없이 고맙게 봉양을 받았다. 더구나 며느리가 한 주일에 사흘을 직장에 나가야 해서 점심은 재택 근무하는 작은아들이 챙겨 주었다.

고1 손녀, 중1 손자도 코로나19 때문에 학교를 못 가니까 인터넷으로 온라인 수업을 하고 있었다. 그래서 TV를 잘 보지 않았다. 보더라고 소리를 작게 하여 보았고 저녁에 드라마 시간만 소리를 키워 들었다.

손자 손녀는 자기 방에서 잘 나오지 않아 저녁 식사 시간에나 잠깐 얼굴을 보았다.

아침에 깨우지 않아도 9시만 되면 책상에 앉아 온라인 수업을 너 댓 시간씩 하고 있다. 수업 끝나야 점심을 먹으러 나온다. 참 기특하고 대견스러웠다.

그러므로 나도 안방에서 내 공부를 하였다. 그렇게 늘 책상에 앉아 있으니 아들이

"엄마 뭘 해요?" 묻기에 그냥 "나도 공부하지." 했다. 아들이 웃었다.

낮에는 책도 읽고 일기 정리도 하고 원고 쓸 준비를 하며 지내다가 저녁이 되면 집 건너 동산 공원에 가서 트레킹을 하고 운동 기구로 운동도 하고 산책길 군데군데 놓여 있는 의자에 앉아 하늘과 구름과 나무를 친구 삼아 시간을 보내었다.

이렇게 반달을 지내면서 작은아들과 며느리가 차려주는 밥상을 받게 되니 내가 코로나 덕에 제대로 시어머니 대접을 받는구나 하고 감사하였다.

게다가 주일에 교회를 못 가니 모두 모여 온라인예배를 TV 화면으로 드리게 되었는데 각자 따로 다니며 예배드리던 때와 또 다른 느낌이 들어 행복하였다.

3) 장손長孫과 재회

고3 졸업반인 큰손자는 자가 격리를 훌륭하게 해냈다고 칭찬을 받았단다.

인천공항에서 간단한 검사를 받고 집에 오니 주의사항과 2주간 먹을

식품과 간단한 의료물품이 배달되었다고 했다.

참 우리나라 좋은 나라이다.

방역 본부에서 매일 오후 열을 재어서 보고하고 절대 외출을 하지 말라고 해 혼자서 끼니를 챙겨 먹고 방안에만 숨어 지냈다.

아빠가 매일 아침, 먹을 것이나 뭐 부족한 거 없나 점검해 주고 출근을 했다.

그동안 음식 재료만 챙겨 주고 나가면 손자가 혼자 밥해 먹고 설거지하고 세탁기 돌리고 살림을 했다니 정말 기특하다.

드디어 2주간이 지나고 장손의 자가 격리가 끝나자 작은아들이 나를 집에 데려다주었다. 현관 들어오자마자 마중 나오는 손자와 포옹을 하였다.

10여 년 전 집 동네 초등학교에서 1학년 1학기를 다닌 적이 있어서 그때는 내가 구부려 안아 주었는데 지금은 손자가 몸을 구부려 나를 안아 주었다.

하긴 그때 초등학생이 이제 20살 청년이 되었는데 얼마나 많이 변했겠는가.

미국 유학생활 3년간 홈스테이지 하면서 주인 할아버지 할머니한테 많은 것을 배운 것 같았다. 미국식 예의범절이나 시사(時事)에 환했다. 또 한국 사정도 여기 살고 있는 할머니보다 더 잘 알고 있었다. 젊은이들은 셀폰을 손에 들고 살아서인가 웬만한 상식을 다 꿰차고 있는 듯했다.

4, 5월 두 달을 온라인 수업으로 치르며 고등학교를 졸업하게 되었다.
중 3까지는 북경에서 엄마랑 살았고 고등학교는 미국 댈러스로 유학 가서 다니다가 이번에 코로나19로 인해 북경에 못 가고 서울 할머니 집에 머물러 지내게 된 것이다.

4) 큰아들 직장의 축복

코로나19 때문에 큰아들 다니던 중소기업 회사가 구조조정을 하게 되었다.
당연히 월급을 많이 받는 사람이 스스로 알아서 그만둬야 했다. 그리하여 2월 말로 그만두기로 했는데 그때 마침 미국 LA 사는 아들의 선배한테서 연락이 왔다.
3월부터 중국에 본사가 있는 화장품 관련 IT 회사의 한국 지사의 일을 맡아 해 달라는 것이었다.

먼저 회사보다 대우도 더 좋게 해 준다니 이 얼마나 감사한 일인가. 진정 하나님의 도우심이 아닐 수 없다.
남들은 코로나로 인해 일자리를 잃고 또 가게가 안 되어 문을 닫고 생활을 어떻게 하나 걱정하고 있는 이때 일자리가 계속 주어진다는 게 얼마나 축복인가!
코로나 덕에 더 좋은 일자리를 제공받았으니 감사할 따름이다. 거기에 두 달 지나서 아들 회사에 인턴이 필요한데 손자가 들어가게 되었다.

졸업하자마자 대학 들어갈 때까지 아빠가 다니는 회사에서 아르바이트하게 되어 대학 입학금에도 보태게 되고 자기 용돈도 벌어 쓰게 되니 얼마나 다행인가.

영어, 중국어, 한국어 3개 국어를 자유자재로 하는 사람을 구하려던 차에 마침내 손자가 딱 적임자라고 하여 인턴 노릇을 하게 된 것이다.

이 또한 코로나 덕에 서울 아빠한테로 왔고 이런 좋은 일자리를 갖게 된 것이다.

처음엔 9월 학기에 캘리포니아에 있는 얼바인 대학엘 가기로 했는데 미국에 언제 가게 될지도 모르고 한국에서 온라인 수업받는 게 불편하니 한국에 있는 대학교로 가겠다고 해서 이젠 더 느긋하게 알바를 하게 되었다.

내년 봄 3월 학기 시작하기까지 회사 일을 할 수 있을 테니까 이 역시 코로나 덕이 아닐까 하며 감사해 하고 있다.

멀리 유학 보내지 않고 한국에 있는 대학에 다니게 되었으니 이 얼마나 기쁜 일인가.

5) 내 손자는 1등 요리사

나의 손자는 모범생이다.

아침에 출근하면서 벗은 옷을 잘 개켜 놓고 나간다.

또 집에 있을 때는 방 청소와 정리정돈을 깔끔하게 잘해 놓는다. 가끔 퇴근길에 슈퍼나 빵집에 들러 전화를 해서 뭐 필요한 게 없냐고 묻기도 한다.

어른스러워 참 기특하고 대견스럽다.

또 퇴근하면 자기 반찬을 스스로 해 먹는다.

할머니인 내가 고기를 안 먹어 고기류 반찬을 잘 못 하는데 음식 재료만 사다 놓으면 여러 가지 음식을 스스로 만들어 먹는다. 그리하여 주말에는 손자의 요리가 탄생된다.

제육볶음, 닭도리탕, 야채 불고기 등을 맛있게 만들어 먹는다. 하루는 장을 봐 오더니 해물 파전을 먹음직스럽게 만들어 놓았다. 새우와 오징어 손질을 프로답게 척척 하는 것을 보고 놀라웠다.

더운 소금물에 오징어를 살짝 데쳐서 껍질을 벗긴다든가, 새우 껍질도 소금에 문질러 벗기고 대파와 쪽파를 구분하여 요리할 줄 알았다.

그리고 훈제오리를 구워 먹으면 그 기름을 병에 모아 놓았다가 다시 재사용하면서 오리 기름은 불포화 작용을 해서 몸에 이롭다고 했다.

또 요리가 끝나면 프라이팬을 데운 물에 씻어 반드시 가스 불에 데워 말려 보관한다는 설거지 노하우가 있었다.

80세 할머니가 20살 손자에게 많은 것을 배우고 있다.

큰아들이 요리에 취미가 있어 자주 부엌일을 했는데 손자도 아빠를 닮아 요리에 관심이 많고 그래서 음식을 잘하는 것 같았다.

하루는 저녁에 쇠고기 스테이크를 손자가 구워 주었는데 아주 맛있게 먹었다.

내가 틀니가 시원찮아 고기 씹기가 불편해 고기반찬을 잘 안 먹는다고 했더니 손자가 말하기를 고기를 잘 구우면 질기지 않다고 하며 불세기를 조절해서 '미디움'으로 구워주었는데 정말 질기지도 않고 씹어 먹기에 좋았다.

언젠가 주일 오후에 슈퍼로 장을 보러 나갔던 손자가 장어 한 팩을 사 들고 왔다.

그러더니 굴 소스에 파 마늘 넣어 섞은 양념장을 만들어 장어를 잘게 썬 위에 얹어 장어 볶음을 만들었다. 그리고 밥 위에 얹어 비벼 먹으면서 "할머니도 드세요."

"언젠가 한 조각 맛을 봤는데 너무 기름져 못 먹겠더라." 했더니

"그 건 바닷장어였을 거예요. 이건 민물장어, 붐 장어라 기름기가 별로 없고 담백해요. 한번 들어 보세요." 그래서 졸지에 장어 덮밥을 손자 덕에 먹게 되었다.

뜻밖에 맛이 있었다. 오, 내 손자 최고네!

6) '코로나 19'의 선물

코로나 사태가 없었다면 외국사는 손주들이 할머니 집에 그렇게 오래 와서 있었을까 생각해 본다. 진정 '코로나19'가 내게 준 선물이다.

노심초사 맘고생 시켰던 손녀보다는 무엇에나 모범생이던 손자와 보

낸 반년의 세월이 내 안에 아름다운 추억으로 자리 잡고 있다.

온 인류의 일상을 무너뜨린 코로나 19 바이러스!

오히려 난 그 바이러스에 감사하고 있다. 물론 오래 가길 원하지는 않는다.

한동안이라도 대자연 훼손을 막고 대지가 스스로 숨을 쉬게 할 수 있게 된 것 같아 반갑고 또 풍기 문란한 인류사회의 어둠을 잠시라도 정지시키고 있지 않은가.

사람들은 말한다.

이제 코로나 사태 이전 세상으로 되돌아가기는 힘들 거라고.

우리의 일상이 실종된 지금 지구 위 제도와 규칙들이 어떻게 새롭게 변화되어 전개될 것인가.

태곳적 매머드와 공룡들이 사라진 것처럼 인류의 생태가 변천되어 인간의 두뇌로는 상상할 수 없는 세상이 펼쳐질 것인가. 아무도 모른다. 오직 위에 계신 그분만이 아실 것이다.

제4장

추억의 숲

1. 해외 첫 여행 미 서부

1994년 김영삼 대통령 시절 우리나라 외환 보유고가 넉넉하니 해외 여행을 다녀도 좋다고 권장하던 시대가 있었다.

그리하여 가까이 지내던 사범학교 동창과 둘이서 용기를 내어 롯데 관광에 신청하였다.

당시에는 일반 국민들이 해외여행 떠난다는 것에 익숙하지가 않아서 신청자가 별로 없었고 경비도 저렴하였다.

나는 1965년 처녀 시절 일본에 어학연수 몇 달 다녀온 이후로 30년 만에 비행기를 타게 되었으니 처음 해외여행이나 마찬가지로 몹시 들떠 있었다.

지금부터 26년 전의 일인데 아주 오래된 것으로 기억된다.

비행기에 올라타고 창가에 앉아 내다보니 알루미늄 은빛 날개가 햇빛에 반짝이는 광경이 황홀하고 아름다웠다.

비행기 안에서 10시간 넘게 품위 있는 서비스를 받으며 첫 여행의 즐거움을 만끽하였다. 풍요로운 기내 식사도 만족했고 스튜어디스의 서비스에 공주라도 된 느낌이었다.

그때 레드와인 맛을 보고 싶어 시켰는데 나는 혀끝에 대어보고 딱 한 모금 마시곤 말았는데 내 친구는 잘도 마셨다.

1) 하와이

그 당시 우리나라 사람들은 '아메리칸 드림'으로 미국 가는 걸 너도나도 소망했던 때였기에 더욱 가보고 싶은 나라였다.

10시간 넘게 날아가서 도착한 곳은 미국의 보물섬이라 일컫는 하와이 섬이었다. 우리나라로 치면 제주도인 셈이다.

가도 가도 끝이 없는 사탕수수 농장을 둘러보고 옛날 우리 조상들이 가난한 시절 일자리를 찾아 이민을 와서 일구어 놓은 사탕수수밭이구나 생각하니 감회가 새로웠다.

또 파인애플 농장 견학을 가서 통조림 만드는 과정도 보고 파인애플을 실컷 먹었던 기억이 난다.

특히 사진으로만 보던 와이키키 해변을 거닐 땐 너무 기뻤다.

그리하여 여행 다녀와 꾸민 앨범에는 그 당시의 대한항공 비행기 표와 하와이 첫 호텔 카드 키가 나란히 붙여져 첫 장을 장식하고 있다.

호놀룰루 공항에서 원주민들이 목걸이 꽃다발을 목에 걸어주고 훌라 춤을 추며 환영해 주던 모습이 아직도 눈에 선하다.

몇십 년이 지난 지금도 가슴이 설렌다.

■ **파인애플 농장** ■

그리고 파인애플 농장을 견학했는데 그 기계화에 놀랐다.

수십 년 전인데도 전자동 기계화된 모습이 몹시 부러웠다.

기계로 담는 통조림 과정을 보면서 감탄했고 또 우리나라에선 먹을 수 없는 열대과일이라 실컷 먹었다.

여기서 만든 통조림이 세계로 팔려 나가면서 우리나라 시장으로도 나가는 것이다, 당시엔 우리나라 시장이 대중화되지 않아 서민들이 먹기엔 너무 비싼 수입품이었다.

■ **와이키키 해변** ■

와이키키 해변에서의 감격은 내가 마치 영화 속 주인공 같았다. 미국의 부자들은 와이키키 해변이 보이는 높은 언덕에 별장 같은 집을 짓고 산다고 했다.

그리고 영화배우 조미령 씨가 하와이에 보석상을 하고 있어 관광코스로 둘러보고 보석구경도 하고 직접 판매하고 있는 조미령 씨를 만나기도 했다.

관광객들을 반갑게 맞이해 주었다. 당시엔 관광객이 별로 많지 않아 일일이 반겨 주었다.

또 하와이 민속촌을 들려 카누를 타고 뱃놀이도 하였다.

■ 마술 쇼 ■

하와이 관광 마지막 날 밤에는 폴리네시아 마술 쇼를 관람했는데 정말 신기하고 신비스러워 눈을 의심할 정도였다.

인간이 인간의 눈을 속이는 게 그렇게 단순한 게 아닐 텐데 어쩜 저렇게 신통한 기술을 익혀 대중의 눈을 속일 수 있을까 감탄을 넘어 존경스럽기까지 하였다.

사흘 동안의 하와이 관광을 마치고 본토로 들어가는 비행기를 타고 본토의 서부 샌프란시스코로 향하였다.

2) 지평선 위에서

이튿날 캘리포니아 북단으로 날아간 우리 일행은 버스로 국내 투어를 시작하였다.

미국 서부를 종주하며 관광을 하는 것이다.

가도 가도 끝이 없는 지평선을 달려가노라니 차창 밖 양쪽으로 풍차가 일 열로 늘어서서 까딱까딱 돌아가고 있었다.

그게 캐나다를 통해 들여오는 송유관이라 했다.

그래서 미국은 세계적인 석유 보유국이 되는 셈이다.

몇 시간이고 달려가면 작은 마을이 보이고 식사 시간에 닿아 점심을 먹게 된다. 슈퍼에서 화장실 볼일도 볼 수 있다.

■ 요세미티 국립공원 ■

북쪽에 위치한 산악지대라 겨울옷들을 꺼내 입었다. 같은 나라 안 여름에서 겨울로 이동하는 것이다. 하와이 여름 나라에서 겨울 나라 샌프란시스코로 들어가는 것이다.

캘리포니아 한 주의 땅이 얼마나 넓은지 따듯한 로스앤젤레스와 샌프란시스코 도시의 온도 차이가 심했다.

1890년 국립공원으로 지정되었다는 요세미티공원은 높은 산들이 나목처럼 모여 서 있는 나무들의 공원 같았다.

시에라네바다 산맥에 있는 공원으로 수천 년 된 나무가 울창한 넓은 스퀘어 숲, 폭포, 노스 돔 등이 산봉우리를 이루고 있어 과연 세계적인 관광 명소다운 면모를 갖추고 있었다.

또한, 침엽수림이 우거져 있어 각종 야생 동물의 서식지로 동물의 천국이라 할 만했다. 또 광대한 초원에 자라는 고산 식물의 아름다운 풍경이 장관을 이루고 있었다.

가히 하나님의 천지창조의 아름다움을 느끼지 않을 수 없는 절경이었다.

요즘엔 렌탈 자전거나 셔틀버스를 이용하여 구석구석 잘 돌아볼 수 있고 관광이 아주 편리하게 되어 있을 것이다.

3) 그랜드 캐니언

버스에서 내리자마자 눈 앞에 펼쳐진 신비스러운 경치에 환성을 질렀다. 마치 천지창조의 순간을 보는 것 같았다.

그리고 땅에 엎드려 입맞춤하였다.

아, 위대하고 장엄하고 경이로운 이 광경을 어찌 다 말로 표현할 수 있을까!

수십억 년 지구의 세월을 그대로 드러낸 웅장하면서도 신비한 암벽, 수십억 년을 걸쳐 쌓인 지층을 보며 위대한 자연 앞에 저절로 고개 숙여지며 인간의 존재가 먼지같이 느껴졌다.

진실로 하나님의 우주 창조의 경이로움을 찬양하였다.

하늘 아래 지구 상에서 가장 거대한 골짜기 그랜드 캐니언은

동서남북 사방으로 나뉘어 볼 수 있다는데, 보통 개방된 곳은 남쪽 방향이고 서쪽 지역은 원주민 인디언 거주 지역으로 개인 관광객이 가끔 방문한다고 했다.

요즘에야 인디언이 살고 있는 원주민 지역도 관광코스로 개발했다지만, 내가 갔을 당시엔 노새 타고 멋지게 관광하는 프로그램이 없었다.

지금은 셔틀버스도 다니는 모양인데 예전에는 없었다.

또 요즘 들리는 소식으로 서쪽 끝에 셔틀버스의 종점 '수행자의 쉼터'라는 휴게소가 생겼다는데 그렇다면 거기 원주민은 어디로 갔을까 가엾어진다.

결국 이민 온 백인들이 깊은 산 속에 사는 원주민들의 생활 터전을 빼앗은 셈이다.

거기 살던 인디언들은 어디로 추방당했을까, 아니면 현대 문명에 동화되어서 물질의 노예가 되어 어느 한쪽으로 밀려나 살고 있을까.

특히 그 후손들, 젊은이들이 걱정된다.

그래도 나는 너무 감격스러워 1994년 여행을 다녀오면서 사 온 비디오테이프를 가끔 틀어 추억을 회상하곤 하였다.

그러나 지금은 비디오와 같이 테이프도 폐기처분을 해버려서

그저 내 가슴 속 추억으로만 남아 있을 뿐이다.

4) 라스베가스

1994년 우리나라가 발달하지 않았을 때 미국 여행을 갔으니 가는 곳마다 눈이 휘둥그러지게 놀라지 않을 수가 없었다.

특히 라스베이거스의 밤은 그 휘황찬란함에 탄성을 자아내게 하였다. 마치 거대한 테마파크 속을 날고 있는 것 같았다.

눈 돌릴 곳 없이 화려한 도시 별천지 속에서 관광으로 즐거움을 만끽하였다.

네바다 사막 위에 세워진 도시라는데 어찌 이렇게 빛의 천국을 만들었을까. 도시 전체가 네온사인으로 물들어 있었다.

그래도 도박 도시엘 왔으니 카지노 냄새는 맡아야 한다고 가이드가 10달러씩 투자해서 슬롯머신을 돌려 보라고 했다.

코인으로 바꾸어 재미 삼아 돌렸는데 1시간도 안 되어 털리고 남이 하는 것 구경을 하였다.

가끔 환성이 터지는 곳에서는 우르르 코인 쏟아지는 소리가 났다. 대박이 터진 것이다. 우리 일행 중에서도 몇십 달러 건진 사람이 있었다.

나는 그냥 카지노 체험을 한 것으로 만족하였다.

요즘엔 호텔도 많고 카지노 도박장 수효도 많이 늘어났을 테지만 그 당시에는 별로 많지 않았다.

또 당시에 우리나라에서는 볼 수 없었던 환상적이고 아름다운 서커스를 겸한 여인들의 캉캉 쇼를 보고 쇼킹한 기억이 난다.

거기에 더욱 놀라운 것은 남자도 여자도 아닌 게이들의 춤과 노래였다. 내가 알고 있는 세상과 아주 다른 세상 사람들을 보고 온 기억이었다. 참 세상은 요지경이었다.

오래전 여행이라 군데군데 큼직한 사건만 기억이 난다. 참 당시 여행 다녀와 꾸민 앨범을 보니 백만 불짜리 미국 달러 지폐가 전시되어 있어 친구랑 그 앞에서 기념 촬영을 한 사진이 붙어 있었다.

이제 와 생각해 보니 꿈같은 여행이었다.

언제 다시 그런 여행을 할 수 있겠는가, 그때 잘 다녀왔지.

더구나 요즘 같은 코로나 시절엔 꿈도 꿀 수 없는 여행이었다.

5) LA 디즈니랜드

미 서부 여행에서 제일 남단에 있는 로스앤젤레스에 도착했다. 미국에서 한국인이 가장 많이 살고 있다는 그야말로 겨울이 없는 따듯한 도시였다.

거기에 세계 사람들이 다 가보고 싶어 하는 거대한 놀이터가 있는데 그곳은 디즈니랜드였다. 우리 일행도 구경하러 갔는데 수많은 사람이 줄을 서서 입장을 기다리고 있었다.

그런데 몇 시간이고 서서 친구나 가족들과 이야기하면서 불평하는 사람이 하나도 없었다.

역시 선진국이라 문화 시민답게 질서정연하였다.

나는 이렇게나 도시 전체가 놀이터같이 보이는 거대함에 놀랐다. 어쨌든 모든 놀이기구가 신기해 보였다.

촌사람이 서울 구경 온 것 같이 느끼면서 시간이 없어 곤돌라를 타고 아래로 내려가 한 바퀴 돌았다. 그리고 무슨 놀이기구들이 있나 하고 둘러보기만 하였다.

6) 할리우드 – 유니버설 스튜디오

유니버설 스튜디오가 있는 할리우드에는 스타의 거리와 명예의 거리가 있어서 걸어 보았는데, 바닥의 사각 보도블록마다 미국의 유명 배우들의 이름들이 새겨져 있었다.

영화 속에서만 보던 그 유명 배우들의 이름을 직접 밟아 보면서 내가 할리우드 거리를 거닐어 보다니 참 감개무량하였다.

최근에는 우리나라의 안성기와 이병헌의 이름도 새겨져 있다고 들었다.

단체 여행이 끝나고 마침 LA에 사범 동창들이 살고 있기에 며칠 남아서 놀기로 하고 가이드의 허락을 받아 일행과 헤어져 아는 선배 집에서 하루를 묵었다.

그리고 동창에게 연락했더니 바로 그 날 동창 모임이 있다고 해서 달려갔다. 여러 친구들이 반가이 맞아 주었다.

그 이튿날부터는 한 동창 집에 머물면서 유니버설 스튜디오를 구경 갔는데 그날따라 휴관이라 건물 주변만 돌고 사진을 찍고 그냥 돌아와 아쉬웠다.

하지만 그 친구네 집에 사흘을 머물면서 친구네가 직접 농사짓는 오렌지 농장을 산책하며 나름대로 즐겁게 보내었다.

또 친구는 점심나절 서너 시간을 가게에 나가 샌드위치 하우스를 운영한다고 했다. 매일 바쁘게 지내는 친구한테 융숭한 대접을 받고 감사한 마음으로 귀국하였다.

정말 보람 있는 미 서부 여행이었다.

나성에 가면

나성에 가면 편지를 띄우세요
사랑의 이야기 담뿍 담은 편지
나성에 가면 소식을 전해 줘요
하늘이 푸른 지 마음이 밝은 지
즐거운 날도 외로운 날도 생각해 주세요
나와 둘이서 지낸 날들을 잊지 말아 줘요

나성에 가면 편지를 띄우세요
함께 못 가서 정말 미안해요
나성에 가며 소식을 전해 줘요
안녕 안녕 내 사랑

나성에 가면 편지를 띄우세요
꽃 모자를 쓰고 사진을 찍어 보내요
나성에 가면 소식을 전해 줘요

예쁜 차를 타고 행복을 찾아요

당신과 함께였다면 얼마나 좋을까

어울릴 거야 어디를 가도

반짝거릴 테니까 뚜루뚜

나성에 가면 편지를 띄우세요

함께 못 가서 정말 미안해요

나성에 가면 소식을 전해 줘요

안녕 안녕 내 사랑

안녕 안녕 내 사랑

안녕 안녕 내 사랑

+) '나성'은 로스앤젤레스 즉 LA를 가리키는 말이다.

1978년 길옥윤 씨가 작곡을 하고 새셈 트리오가 부른 노래인데

그 당시엔 외래어로 노래를 부르지 못하게 하여 작곡가 길옥윤 씨가

LA를 나성으로 고쳐 부르게 했다 한다.

그런데 최근에 영화 '수상한 그녀'에서 심은경이 불러 히트를 했다. 그리하여. 2014년 영화 상영하던 때에 많이 유행되기도 하였다.

2. 미 동부에서 몇 달을

미 서부 관광을 다녀온 지 10여 년이 지나자 미 동부 여행도 가보고 싶었다. 그때 마침 뉴욕 살던 오빠의 아들이 뉴저지로 이사를 갔다고 정년퇴직한 고모를 불렀다.

이때가 기회라고 나이아가라 폭포를 구경할 수 있는 미 동부 관광팀에 여행 신청을 하였다.

미 동부 관광 여행을 끝내고 나서 조카 집을 방문하면 되겠다고 생각해서였다.

그 당시엔 미 동부 여행객에게 6개월 미국 체류가 가능했던 때였기에 단체 관광을 한 후 귀국길에 남아서 뉴저지 조카네 체류했다가 나중에 혼자 귀국하면 되는 것이다.

패키지 여행을 신청해 놓고 마음이 설레었다.

드디어 미 동부 구경을 하게 되어 온 세계 젊은이들이 동경하는 뉴욕과 수도 워싱턴 땅을 밟아 보게 되겠구나.

또 나이아가라 폭포 구경을 하게 되다니 얼마나 근사한가!

게다가 몇십 년 만에 조카를 만나게 되다니 생각만 하여도 모든 게 감격스러웠다.

1) 나이아가라 폭포

우리나라 우스갯소리에 "이제 나이야, 가라"는 말을 '나이아가라'로 표현하며 나이 드는 것을 그치게 한다는 뜻으로 쓰이고 있었다.

나이아가라 폭포는 늘 보아오던 사진에서나 TV 화면에서보다 그리 웅장하지는 않았다. 미국 땅에서 캐나다까지 이어져 있는 기다란 폭포는 미국 쪽에서 보는 것보다 캐나다 쪽에서 보는 경치가 더 아름답다고 했다.

동쪽은 아메리칸 폭포이고 캐나다 쪽은 호스슈 폭포라 했다.
우비를 입고 배를 타고 물 터널을 지나가는데 쏟아지는 물세례는 온몸에 상쾌함을 느끼게 하였다.
또 바람의 동굴에서는 몸이 날아갈 듯해서 빨리 빠져나와 캐나다 땅을 밟게 되었다.

비자 없이 나이아가라 폭포 관광객에게 물건을 파는 쇼핑센터가 있어 들어가서 캐나다 국기가 인쇄된 티셔츠를 샀던 기억이 난다.
역시 폭포는 그 속에 들어가 즐기는 것보다 멀리서 바라보는 풍광이 더 좋고 아름다웠다.

2) 링컨 기념관

워싱턴의 백악관도 생각보다 평범해 보였고 국회의사당도 사진에서 본 그대로였다.

링컨 기념관과 한국참전 용사들이 늘어선 공원에선 참으로 많은 생각을 오래도록 하였다.

내가 존경하는 인물이 링컨이기에 그의 전기를 떠올리며 존경의 예를 표했고 한국전쟁 때 희생한 미군들에도 감사함과 미안함을 느끼며 묵념을 하였다.

– 링컨의 일화

링컨은 주로 기차를 타고 다니며 정견 발표를 했는데 어느 역에선가 떠나는 열차를 급히 타다가 구두 한쪽이 벗겨져 떨어졌다.

수행 비서가 그걸 집으려 하자 한쪽 구두를 마저 벗어 먼저 구두 떨어진 곳으로 집어 던졌다. 비서가 돌아보자 "누가 신으려면 짝이 있어야 하지" 하고 미소 지었다고 한다.

10여 일의 미 동부 여행을 마치고 뉴욕 호텔에 묵게 되었을 때 조카한테 연락했더니 그 밤에 조카 내외가 찾아왔다.

그리하여 일행한테 손을 흔들고 뉴저지 조카네 집으로 갔다.

3) 뉴저지의 5월

이튿날 뉴저지의 5월은 금방 샤워를 하고 나온 여인의 모습처럼 신선하고 아름다웠다.

항상 초여름 아침 같은 분위기의 마을 '아나 데일 웹 체스터 비버브룩 컨트리' 클럽 골프장 콘도에 조카네 집이 있었다.

평소 조카가 골프를 좋아해서 골프장 타운으로 이사를 온 것 같았다.

숲 속 마을이라 낮에는 삼림욕이 저절로 되고 밤에는 잠자던 새들이 더욱 깊은 밤을 만들고 새벽이 되면 늦잠 못 자도록 시끄럽게 노래한다.

어떤 새는 꼭 호루라기 소리처럼 울며 짝의 화답을 기다린다. 집 앞 거리로 다람쥐 건너다니고 뒤뜰 잔디밭에는 사슴이 놀러 와서 선한 눈망울을 굴리며 거실을 들여다본다.

마치 휴양지에 온 느낌이다. 이러한 자연 속에서 사는 사람들이 정말 부럽다.

며칠 후 밤비가 내렸다.

천둥번개까지 동반하고 비가 많이 내렸다.

새들은 어디서 잘까?

밤에 비가 왔다
5월이 끝날 무렵
유난히 덥더니 밤에
천둥번개를 타고 비가 왔다
이렇게 비가 오는 날엔
새들이 어디서 잘까

새벽마다
지지배배 깟깟
또르르 호르르 노래하며
새벽을 깨워주던
숲 속의 온갖 새들은
비 오는 날 어디서 잘까

4) 조카 집에서의 하루

뉴저지 골프장 콘도 조카네 온 지도 두 주일이 되었다.

이곳에서의 내 일상이 점점 자리 잡혀갔다.

새벽 5시 새 소리에 잠을 깨어 늘 하던 스트레칭을 하고 성경 읽고 찬송 부르고 기도 끝나면 6시다.

그리고 주방에 나가 계란 삶고 빵 굽고 커피 내리면서 하루가 시작된다. 조카 내외는 세탁소를 운영하는데 아침에 일어나 아침을 간단히 먹고 6시 40분 도시락을 챙겨 출근하면 온 집안이 내 세상이다.

TV를 좀 보다가 아침 9시에 동네로 걷기운동을 나간다.

흙길이 아니고 아스팔트 길이라 따라서 걸으니 발이 좀 불편했지만 그래도 건강에 도움이 될 거로 생각하고 1시간 정도 걷기운동을 한다.

여기저기 골프 치는 모습 보이고 가끔 마주치는 조깅하는 여인에게 '굿모닝!'하고 먼저 인사도 건넬 줄 알게 되었다.

그러면 상대방은 '하이!'하면서 화답을 해 준다.

처음엔 상대방 여인이 먼저 인사를 했을 때 쭈뼛거리며 어색하게 인사를 받았는데 이제는 습관처럼 인사를 주고받았다.

내가 생각해도 장족의 발전이다. 하하하!

오후엔 세탁기를 돌리고 저녁 준비를 해 놓고 세탁소에서 퇴근해 오는 조카 내외를 기다린다. 그럼 조카댁이 저녁을 차려 셋이서 화기애애하게 저녁 식사를 한다.

그리고 세탁 일보다 수선하는 일이 더 바쁘다는 얘기를 듣고 조카댁의 직접 수입이니 감사한 일이라고 위로해주고 TV를 같이 보다가 각자 방으로 들어가면 하루 일과가 끝이 난다.

■ 가족사진 ■

잠들기 전 책상에 앉으면 아이들 생각이 난다.

바로 앞에서 두 아들과 손주 네 명이 같이 찍혀 있는 가족사진이 나를 바라보고 웃고 있다.

막내 손자 돌날 찍은 가족사진이다.

모두 북경 살고 있는데 잘들 지내고 있겠지!

사진을 물끄러미 보다가 펜을 잡는다.

그리고 오늘 일어난 일과 생각을 기록한다.

5) 미국의 대중문화

TV에서 5인조 보컬 팀 흑인 가수들의 쇼가 있었다.

한국에서는 아이돌(틴에이저) 부대의 전유물인 콘서트가 미국에서는 어른들의 동생부대가 특징이다.

우리나라에서는 오빠 부대인데 여기서는 남녀 흑인 백인 어른들이 일제히 객석에서 일어나 춤을 추고 박수치며 난리였다. 그 열광하는 모습이 대단하였다.

악기 팀도 백인 흑인이 호흡을 맞추어 신나게 연주하였다.

특히 오늘은 TV에서 미혼모에게 남자 찾아주기 프로그램이 진행되었다. 처음엔 극구 아니라고 주저주저하다가 하루 이틀 지나서 결합을 결심한다고 했다.

우리나라에서도 이런 프로를 진행하여 미혼모들을 구제해 주면 어떨까 하는 생각이 들었다. 그러면 '베이비 박스(baby box)'에 갓난아기를 버리는 일이 줄어들 텐데 말이다.

한 번의 실수로 어쩌다 태어난 생명을 버려야 하는 미혼모들의 아픔이 좀 나아지지 않을까? 또 자기를 싫어하는 사람과 살아야 하는 운명을 감수하기보다는 미혼모의 아기한테 새 아빠를 찾아주어 생명의 존엄성을 지켜주는 게 낫지 않겠는가!

■ 산에는 꽃이 피네 ■

오늘은 법정 스님의 설법을 엮은 류시화 시인의 '산에는 꽃이 피네'를 읽었다. 마치 김소월의 시 제목 같았다.

법정 스님이 강원도 산골 임자 없는 집에 살면서 그곳에 핀 꽃을 그렸으리라 연상해 본다.

책 내용은 간단히 말해 무소유와 침묵 생활을 강조한 것이다.

요즘 법정 스님의 책을 읽으며 목사 친구 생각을 했다.

스님이 장익 주교와 친분이 두터운 것을 알게 되니 내 친구 목사가 어떤 스님과 가까이 지내고 있다는 일이 떠올랐다.

법정 스님도 강조한 것은 '사랑'이었다.

명동 성당에 와서 성탄 축하 설교를 하신 적이 있다는 글을 읽고 신부와 승려는 서로 통하는 게 있는가 생각해 본다.

거기에 비해 개신교는 독선적이고 타 종교에 배타적이지 않은가 비난을 받게 된다. 산 정상을 오를 때 여러 코스가 있는 것처럼 종교적 구원도 여러 가지라고 하는 것을 보고 좀 혼란스러웠다.

분명히 성경 속 '십계명'에는 "나 외에 다른 신을 섬기지 말라 나 여호와는 질투하시는 하나님이라" 믿어 왔기에

또 '예수그리스도만이 길이요 진리요 생명이라' 알고 있었기에 이런 경우엔 성경 말씀을 믿어야 한다고 다짐하였다.

이때 교회인지 성당인지 모르겠는데 종소리가 은은하게 들려왔다. 매일 이맘때 언제나처럼!

6) 초여름 산책길

오늘 산책길에서는 인도 여인을 만났다.

"하이!" 하고 인사를 했는데 그저 웃기만 하고 지나친다.

아직 미국 생활에 적응이 안 되었는지 아니면 수줍어 거부하는 것인지 모르겠다.

이곳 와서 3주 만에 처음으로 본토인 아닌 이국인을 만난 것인데 보기 좋게 외면당한 느낌이었다.

순간 인도가 좋아 인도에 살고 있는 류시화 시인의 '지구별 이야기'가 떠오르고 나 역시 여러 해 전 인도 여행을 했던 기억이 나서 잠시 추억에 잠겼었다.

나의 인도 여행은 등산팀과 배낭 여행으로 히말라야 랑탕 계곡을 다녀오면서 델리 중북부 지역을 관광했던 것이었다.

■ 법정 스님 ■

또 얼마 전 읽은 '산에는 꽃이 피네'의 법정 스님의 여행길이 인도 남쪽이 아니었나 하는 생각이 들었다.

종교를 초월한 인간적으로 자연의 일부가 된 인간이고 싶다며

출가한 이유가 그냥 그대로 나는 나이고 싶었다는 말이 어딘가에 집착하는 마음에서 벗어나 자기답게 살기 위해서라는, 그래야 비로소 인간이 된다는 어록이 가슴에 와 닿았다.

게다가 스님으로서 예수님에 관한 설교를 곁들여 쓴 것에 감명을 받

았다.

예수님의 자취는 2천 년 전 사실에 끝난 것이 아니라 지금 우리 자신의 삶과 하나가 될 때 우리는 거듭날 수 있으며 그리스도가 우리 안에서 다시 부활할 수 있다는 법정 스님의 설교는 우리 그리스도인들에게도 시사하는 바가 크다.

그의 출가론은 ① 탐욕에서 벗어나는 것
② 마음에서 벗어나는 것
③ 무지에서 벗어나는 것

+) 기독교는 원죄를 깨닫는 것이고
불교는 무명(無明)을 깨닫는 것이라 했다.

~ ~ ~ 나는 아무것도 그 어떤 사람도 되고 싶지 않다.
그저 나 자신이고 싶다.
~ ~ ~ 과거는 강물처럼 지나가 버렸고
미래는 아직 오지 않았다.
~ ~ ~ 과거나 미래 쪽에 한눈을 팔면
현재의 삶이 소멸해 버린다.
~ ~ ~ 즉 과거도 없고 미래도 없고 항상 현재만 있을 뿐이다.
(저마다 있는 그 자리에서 최선을 다하자는 뜻에는 공감한다)

3. 뉴욕을 걷다

뉴저지의 조용한 초원 조카네 집 동네만 돌아다니다가 하루는 뉴욕의 번화가 구경을 나가기로 하였다.

미국이라는 나라는 땅이 넓어서 자동차 없이는 아무 데도 다닐 수가 없다. 그리하여 조카네 집 근처에 있는 고속 터미널을 찾아서 고속버스로 1시간 반을 논스톱으로 달려오니 맨해튼 41번가 터미널에 도착하였다.

그리하여 마침내 꿈에도 그리던 맨해튼 거리를 거닐게 되었다. 참 많은 사람이 오가고 있었는데 유난히도 유색인종이 눈에 많이 띄었다.

중국인과 맥시코인이 미국인보다 더 많은 것 같았다.

먼저 자유의 여신상을 구경하려고 배 시간을 알아보니까 11시 40분 출발하는 편이 있다고 해서 표를 사고 기다리는 동안 거리 구경을 하기로 하였다.

42번가와 43번가를 구경하면서 한인 가게를 만나 반가웠다.

1) 자유여신상

시간이 되어 43번가를 쭉 따라와 83P 항구에서 배를 타고 출발하였다. 배를 탈 때 사진사가 셔터를 눌러 사진을 찍어 주는데 나는 돈을 내야 하는 줄 알고 그냥 스치고 탔다.

그런데 배를 올라타고 나서 티켓 뒷면을 보니 'picture free'라고 적혀 있었다. 아뿔싸! 내가 미련한 짓을 했구나. 이 바보, 하며 억울한 웃음을 지었다.

그러자 우리나라 개항기에 처음으로 미국 유학길을 떠난 한 유학생 사건이 떠올랐다.

미국 선교사가 배표를 보내 주었는데 배 타고 한 달을 가는 동안 배 안의 식사가 비쌀 것 같아 미숫가루를 가지고 가서 끼니를 해결하며 겨우 연명했는데 나중에 알고 보니 배표에 한 달 식비까지 포함되어 있는 걸 모르고 굶어 지냈던 것이다.

무지가 낳은 웃지 못할 코미디 사건을 나도 겪은 것이었다.

자유의 여신상은 리버티 섬에 세워져 있는데 배 타고 주변을 돌아보기만 하고 내려서 올라가 보진 못하였다.

자유여신상! 푸르스름한 청동색을 띠고 서 있는 조각상은 프랑스와의 합작으로 남북전쟁 승리 100주년 기념품이라는데

'오, 자유!' 외치며 횃불을 높이 쳐들고 있다.

가이드가 자세히 설명해주는 것 같은데 나는 잘 알아들을 수 없어

주변 경치만 구경하였다.

아, 시원하다. 지금 시내 거리는 더울 텐데 배를 타고 가니 강바람이 시원해 상쾌하였다.

2) 허드슨 강

우리나라에 한강이 있어 서울이 발달한 것처럼 미국 뉴욕은 허드슨 강이 있어 발달하였다.

그런데 나의 무지함이 또 들통났다. 맨해튼 도시가 섬이란 걸 이번에 여기 와서야 알게 되었다. 마치 우리나라 여의도가 옛날엔 섬이었다는 것을 훗날 사람이 알까?

배를 타고 2시간이고 3시간이고 주변을 돌면서 관광할 것이 그리도 많다니 참 넓은 섬이고 큰 도시임에 놀라지 않을 수가 없었다.

멀리 엠파이어스테이트 빌딩이 보이고 온통 강변에 빌딩 숲이 좌우로 펼쳐져 있다.

그런데 강물은 어딜 가나 똑같을까?

그렇지 않았다. 물의 빛이 누렇다.

우리나라 한강 물보다 깨끗지 못해 보인다.

가까이 돛을 단 개인 유람선이 보인다.

계속해서 방송 스피커가 주변 빌딩에 관한 설명을 하고 있다.

또 모터보트가 지나간다. 깃발을 보니 해상 구조대인가보다.

혼자 여행을 다니다 보니 직장 시절 여기저기 배낭 여행 다니던 생각이 파도처럼 밀려왔다.

요트 여러 대가 몰려왔다.

바다처럼 넓은 허드슨 강 저편에 다리가 보인다.

하늘엔 은빛 날개 비행기가 날고 나의 오른쪽으로는 자유의 여신상이 기둥처럼 떠 있다. 사람들이 전망대로 들어가려고 줄을 서서 기다리고 있는 모습이 보인다.

아메리칸 미국의 상징이며 뉴욕의 상징인 자유여신상!

맨해튼 섬 한 바퀴 도는데 다리를 3개나 지나면서 주변의 멋진 관광을 하고 배에서 내렸다.

■ 타임스퀘어 ■

이제 점심시간이었다. 항구를 빠져나와 타임스퀘어 공원으로 갔다. 아침에 싸온 샌드위치와 물, 사과로 배를 채웠다.

공원 벤치에 앉아 거리를 구경하는 맛도 재미있었다.

맨해튼 섬은 빌딩 숲과 울창한 나무가 어울려 마치 공원 도시 같았다.

거기 UN 본부 빌딩도 보인다. 반기문 사무총장이 저 안에 있을까? 다른 나라로 출장을 갔을까?

맨해튼 거리를 오가는 동양인은 거의 중국인이었다.

그래도 다행히 한국 여자 두 사람이 지나간다. 반가웠다.

공원 벤치 주변에는 영화관 쇼핑센터 스포츠센터 호텔 건물들이 모여 있었다.

대형 빌딩 높은 전광판엔 삼성 광고가 광채를 발하고 있었다.

LG 광고판도 어디엔가 있을 것이다. 우리나라 전자제품이 미국에서도 인기가 있다고 들었다. 어깨가 으쓱해진다.

■ 맨해튼 거리 ■

거리엔 백인보다 흑인, 또 멕시코인과 중국인이 많았다.

맨해튼 31번가에서 46번가 거리를 몇 번씩 오락가락했는데 내가 만난 한국인은 겨우 4명의 여성뿐이었다.

젊은 여성 관광객 두 사람, 뉴욕 사는 직장 여성 한 사람, 슈퍼마켓 주인 한 사람 이렇게 4명이 3시간 동안 만난 전부였다. 그러나 한인들의 상가 거리엔 한인들이 많을 것이다.

오후 3시가 훨씬 지났기에 다시 맨해튼 24번가 고속터미널에 가서 조카네 집 가는 고속버스에 올랐다. 이제 1시간 반만 앉아 있으면 논스톱으로 달려가 조카네 집 동네로 데려다줄 것이다. 하루 동안 뉴욕 관광을 아주 잘하여 뿌듯하였다.

언어 소통이 불편해도 혼자서 맨해튼 거리를 활보하고 다녔으니 이 얼마나 기쁘고 즐거운 일인가!

3) 엠파이어빌딩

조카네 온 지 한 달이 되어가는 어느 날 뉴욕 사는 사범 동창에게서 전화가 왔다. 이 친구는 학교에서 같은 미술반이기도 했고 종로 6가 복음교회로 나를 전도한 친구였다.

그때 교회를 같이 다니면서 내 남자 친구를 만나게 해 준 고마운 친구였는데 일찍 동생이 사는 하와이로 이민을 가서 오랫동안 소식이 끊기어 살았었다.

이 친구 전화를 하곤 자기 얘기만 떠들다가 약속을 하고 전화를 끊었다. 옛날에도 만나면 제 얘기만 하더니 그 버릇이 여전하다고 하며 나는 웃었다.

다음 주에 만나 엠파이어 빌딩 구경을 가자고 했다.

나는 그동안의 회포도 풀 겸 오랫동안 미국 생활을 했으니 많은 이야기를 들을 수 있겠다는 기대감으로 몇 날을 보냈다.

드디어 친구와 약속한 날 아침 맨해튼 거리에서 몇십 년 만에 사범 동창 친구를 만났다. 반가워 손을 맞잡고 흔들었다.

예정대로 엠파이어 빌딩 구경을 하려고 서둘러서 달려갔는데 벌써 우리 같은 관광객들이 많이 와 있어서 그 뒤를 따라 빌딩 입구로 들어가 엘리베이터를 타고 올라갔다.

그런데 빌딩 꼭대기까지 올라가는 게 아니고 중간 정도에 있는 전망대에 내려 주었다. 그래서 거기서 세계의 수도역할을 한다는 뉴욕 시내를 내려다볼 수 있었다.

예전엔 세계에서 가장 높은 건물이었는데 이제는 우리나라에도 사우디아라비아에도 더 높은 건물이 세워져 있어 최고의 높이는 자랑할 수 없을 것이다.

그러나 무엇이든 최초나 처음이라는 의미가 중요하기 때문에 아직도 세계의 관광객들이 뉴욕에 있는 최초의 고층 건물인 엠파이어 빌딩을 찾고 있는 것이리라.

■ 그 친구 ■

뉴욕 시내 구경을 끝내고 친구 집엘 잠깐 들렀는데, 허름한 주거지에서 우리나라 수급자 생활하는 정도라 놀랐다.

오래전에 하와이 사는 여동생이 불러서 갔는데, 그때 남편은 그 생활이 불편하다고 다시 한국으로 나갔다고 했다.

그렇담 남편과 합의 없이 이민 결정을 했단 말인가 의문이 생겼지만 묻지는 않았다.

혹시 남편이 외도해서 이민가자고 우겼을 수도 있으니까.

어쨌든 세 아들 키우는데 하와이 동생네 오래 신세를 질 수 없어 본토로 진출했다고 하였다.

이젠 나이 들어 스스로 일을 못 한다고 정부가 생활 보조금을 주고 좀 모자라는 건 큰아들이 부담해 주고 있다고 했다.

큰아들은 일식집 요리사 실습 중이고 둘째는 선교사로 나가 있고 셋째는 중국에서 대학 졸업반이라는데 거기서 자리 잡을 거라고 했다.

한국에서 계속 교사생활을 했더라면 연금을 받으며 잘 살 수 있었을 텐데 남의 나라에 와서 정부의 지원을 받는 수급자가 되어 사는 친구를 보고 너무 마음이 아팠다.

집으로 돌아오면서 나 자신을 생각해 보았다.
실은 나도 별로 나은 게 없었다.
교사 퇴직하고 연금으로 산다는 것, 그뿐이다.
그래서 연금이 효자라고들 한다.
내가 뉴욕 친구처럼 아들한테 생활비를 받아 산다면?
아뿔싸! 그건 안 되지, 아암 그럼 못살지.

생각이 여기에 미치자
두 아들을 위해 계속 기도를 하였다.
'항상 현재에 감사하며 기쁘게 긍정적으로 살게 해 주세요.'

4. 뉴저지 공원에서

1) 야외예배

오늘은 주일인데 조카 내외가 다니는 교회에서 소풍을 간다고 했다. 매년 있는 행사라고 해서 나도 따라가 야외예배에 참석하고 음식을 먹으며 즐거운 시간을 보냈다.

뉴저지 땅이 워낙 넓어서 우리나라 남한 땅 크기만 하다고 했다. 그러니 호수도 크고 강도 넓고 나무도 울창하여 어디를 가나 대자연 속에 파묻혀 있는 공원 경치였다.

온 가족 함께 하는 게임과 바비큐 음식을 먹으면서 한인 공동체 친교 활동을 하였다.

■ 한국 고아 입양 가정 ■

더욱이 특별한 손님 다섯 가정이 초대되었는데, 한국인인 나는 부끄러워 숨고 싶었다.

늘 말로만 들어오던 한국 고아들을 미국 가정에서 입양하여 자기 자식처럼 키우는 가정들이었다.

그것도 자기 자식이 둘씩이나 있는데 또 장애아 둘을 데려다가 자식 넷을 키우고 있다니 우리 상식으로는 이해가 되지 않았다. 역시 미국인들이 1등 국민임을 알게 되었다.

다섯 가정 모두가 똑같이 장애 고아들을 키우고 있었다.

자기 자식도 나 몰라라 내팽개치는 우리 사회에서 외국의 장애 고아들을 입양해 키우는 미국 가정을 어떻게 이해할까? 바로 그것이 기독교 정신에서 기인하는 게 아닐까?

청교도 정신에 의해 세워진 미국이라 그런 것 같다.

기독교 정신을 실천하고 사는 미국인들이 존경스럽다.

나는 입으로만 생각으로만 그리스도인이 아닐까 부끄럽다.

2) 조카 내외와 소풍

여름 더위가 무르익는 어느 날 조카 내외와 하루 피서를 다녀왔다. 세탁소 일로 매일 피곤하게 생활하던 조카 내외에겐 멋진 휴가였다.

뉴저지주 위에 있는 필라델피아 산골짜기 폭포와 바다처럼 넓어 수평선이 보이는 호수를 바라보며 한낮의 더위를 잊고 지냈다. 아주 상쾌한 바람이 얼굴을 스치고 지나갔다.

바람도 적당히 불고 돛단배와 모터보트, 수상스키와 유람선이 떠가는 여러 풍경을 구경하면서 젊은이들이 즐거움을 만끽하는 모습을 부러워해 본다.

폭포를 구경하고 조카가 잠시 볼일을 보러 간 동안 나는 조카며느리와 간략하게 예배를 드렸다.

그 날이 주일이었기에 하나님이 창조하신 대자연 속에서 이런 아름다운 자연을 주신 것에 감사하면서 찬송가 40장을 불러 대자연을 찬양하였다. 조카댁도 조금씩 따라 불러 주어 고마웠다.

사도신경과 요한복음 3:16절은 조카댁도 외우고 있었다.

주기도문으로 예배를 마쳤는데 믿음을 갖고 싶다는 조카댁의 손을 잡고 기도해 주려다가 조카가 찾을까 봐 서둘러 나오느라 신앙을 위한 기도를 못 해준 게 후회가 되었다.

그래서 나 혼자 믿음 생기게 해달라고 속으로 기도하였다.

조카는 교회를 10년이나 다녔어도 믿음이 없으니 조카댁이 자기라도 열심히 신앙생활을 해서 마음의 평안을 누리고 싶다고 하여 내심 얼마나 기뻤는지 몰랐다.

실은 내가 조카네 방문한 첫 번째 이유가 조카 신앙 갖게 하기 위한 것이었다.

그런데 몇 해 후 들리는 소식에 조카도 교회 출석을 열심히 해서 드디어 장로가 되었고 조카며느리는 권사가 되어 교회에 헌신 봉사를 잘하고 있다고 하여 참 감사하였다.

3) 비망록

오늘 신문 칼럼에서

'어느 날 문득 기억을 잊어버린다면' 주제로 일본 영화가 소개되어 있었다.

나이가 많은 나도 예외일 수 없다는 생각에 유심히 살펴서 찬찬히 읽어 보았다.

주인공 사에키 마사유키는 49세의 광고회사 간부로 딸도 있고 아내도 있는 성실한 남자였는데 어느 날부터인가 갑자기 사람들 이름을 잊어버리고 늘 다니던 길도 기억 못 하고 심지어는 가족들도 기억에서 지워져 있었다.

간단히 말하자면 치매에 걸린 것이다.

퇴행성 뇌질환인 알츠하이머는 과거를 잊어버리는 질환이다.

육체는 그대로인데 기억력이 전혀 없고 나이도 기억 못 한다.

여기서 주인공 사에키는 증세가 심해지면 어느 순간도 전혀 기억을 못 할 것에 대비하여 일기를 쓰기 시작한다.

'비망록'이라 쓴 노트에 갑자기 지금까지의 내가 사라질지 모르니까 나에 대한 기록을 남겨둬야 한다면서 일기를 쓰고 요양원도 알아두고 아내를 청혼했던 산속 도자기 공방에 가서 아내 '에미코' 이름을 찻잔에 새겨 하산한다.

그런데 하산 길에 아내와 마주쳤는데 아내를 알아보지 못한다. 그

장면에서 아내의 슬픈 눈망울이 아른거린다.

이 주인공은 50도 안 되어 몹쓸 병에 걸려 앓고 있는데 나처럼 나이 많은 사람에게는 언제 들이닥칠지 모른다.

앞으로 머릿속 뇌 운동으로 공부도 하고 글을 쓰자 다짐했다.

■ 경제 공부를 ■

오늘은 경제 서적을 읽었다.

'부자 아빠, 가난한 아빠' 2권에 '돈 버는 사람은 분명 따로 있다' 책을 읽고 감명을 받았다.

나는 교직 생활 20여 년을 바보처럼 살았구나, 새삼 느끼게 되었다. 은행 대출받아 적금 드는 것이 그렇게 바보짓일 줄이야. 은행 돈벌이만 해 주었고 정부에 세금만 내고 빚더미에 올라 살았다니 기가 막혔다.

그리하여 퇴직 후 은행 빚 갚고 나니 손에 남는 것이 없었다.

얼마나 내가 바보였던가. 그래도 뾰족한 방법이 없잖은가.

우선 이자가 비싼 은행 빚을 갚고 돈을 덜 쓰자.

되도록 현금 거래를 하고 종잣돈을 만들자.

그리고 은행은 적금과 대출 때만 이용하고 신용금고나 증권에 투자하자. 그런데 카드는 아직 오려버리지 못했다.

5. 산후조리 알바를

뉴저지 조카네 묵은 지도 두 달 남짓 되어 간다. 오늘은 컴퓨터 앞이 앉아 미주 중앙일보에 뜨는 구인광고를 찾아보았다.

그냥 놀고 지내기가 무료하니 아르바이트라도 해 볼까 하고 광고를 훑어본 것이다.

그런데 마침 산후 조리해 줄 아줌마를 찾는 광고가 있어 연락했더니 내일부터 당장 와달라고 했다.

그리하여 뉴욕 중심가에서 그리 멀지 않은 '비치 허드슨' 마을 어린 애가 둘 있는 가정으로 한 달간 산후조리 일을 가게 되었다. 이튿날 아침 일찍 조카 내외가 서둘러 여기 집까지 데려다주고 갔다. 내 방은 따로 없고 지하실 빨래방에 침대가 놓여 있는 넓은 공간이었다. 한 달 지낼 텐데 밤에 잠자리가 아무러면 어쩌랴 하고 짐을 풀었다.

유학생으로 왔다가 결혼해서 주저앉은 젊은 부부인데 이번에 셋째 아이를 낳게 되어 산모 구완해 줄 사람이 필요했다. 위로 두 아이 때는 친정엄마가 와서 산후조리를 해주었지만, 지금은 아버지가 편찮으셔서 나올 수가 없다고 했다.

어린애는 3살 4살 연년생 남자였는데 잘 따라주어 다행이었다.

온종일 바삐 움직였다. 두 애들 시중들어주고 만삭이 된 애들 엄마 세끼 밥 챙겨 주고 빨래하고 청소하고 고된 하루였다. 하루 13시간 정도를 움직인 것 같다. 남의 집 살이 가사 도우미 생활이라는 게 이렇게 고달프다는 것을 체험하고 있다. 이도 60대니까 가능하지 더 나이 들면 못하리라.

씻고 내려오니 밤 9시 이제 기도하고 잘 시간, 아니 휴식시간이다. 어젯밤 조카댁과 TV를 같이 보며 서로가 이별을 아쉬워하던 순간이 생각났다. 조카댁의 마음 씀이 고마웠다.

■ 비치 허드슨 마을 ■

새로운 환경에 적응하려고 새벽 5시에 일어나 스트레칭을 하고 간단히 예배를 드리고 6시 걷기운동을 하러 나갔다.

아, 바다 같다. 정말 넓은 강이다.

강이 얼마나 큰지 수평선이 보인다.

허드슨 강변 걷기운동은 너무 상쾌하다.

바로 앞 강가에 물오리 떼만 없다면 꼭 바다였다.

세계적인 도시 뉴욕을 흐르는 허드슨 강을 따라 걸으니 가슴이 탁 트인다.

강변 마을 집들은 모두 단독주택으로 제각각 특색 있게 지어져

강변을 한층 더 아름답게 꾸며주고 있었다.

이런 곳에 사랑하는 사람과 함께 산다면 얼마나 행복할까.

■ 산모 도우미 ■

오늘은 입주 산모 도우미로 온 지 꼭 열흘이 되는 날이다.

애기 엄마가 사흘 동안 병원에서 출산하고 나왔다. 그래서 그 시중을 들고 가족들 점심을 차려주고 나 혼자 뒤늦게 식은 밥을 부엌에 서서 먹으면서 왈칵 눈물이 났다.

내가 왜 이러고 있나?

이 나이에 객지에 와서 남의집살이를 하다니.

물론 자청해서 하는 일이라 최선을 다하고 있지만 안 하던 일을 하자니 매사에 서툴러 지적을 받는다. 그래도 약속을 했으니 한 달은 채워야 한다고 다짐을 했다.

하루는 애들이 서머스쿨 쉬는 날이라 집안일이 더 많았다.

점심은 늘 부엌에서 서서 먹었다.

여자들 집안일은 끝이 없나 보다. 더욱이 지금은 산모 쑥 찜질과 애기 목욕시키는 일이 몹시 힘들다.

거기에 연년생 애들까지 야단법석을 떨어 정신이 없다.

순간 옛날 서양의 노예들이나 우리나라 조선시대 몸종들의 생활이 이래었겠구나 생각하니 인간이면서 인간 대우 못 받고 살다 죽은 노비들이 한없이 불쌍하게 여겨진다.

그래도 내일 토요일 밤엔 집에 가서 자게 되니 '자유'다.

새벽의 허드슨 강

창백한 얼굴이 하늘에 떠 있다
어디가 아픈 걸까?

그렇게 아름답던 강변이
떠가는 조각배처럼
흔들흔들 쓸쓸해 보인다

아니, 피곤해 보인다
지금의 나처럼

6. 강변 마을 한인 교회

아침 걷기운동 이틀째 되는 날엔 조카가 일러준 동네 가까운 곳의 한인교회를 찾아보기로 하였다. 마침 20분쯤 걸어가니 작은 교회 건물이 보였다. 조카가 소개해 준 한인교회였다.

교회 왕복 40분 거리라 딱 걷기운동을 겸할 수 있어 좋았다.

매주 토요일 새벽엔 커피와 빵으로 친교 시간을 가졌다.

나도 여러 교우와 어울려 친교 하며 잠깐 앉아 빵과 커피를 마시고 왔다. 보통 새벽에는 10여 명이 모여 예배를 드렸다.

계속 다니고 싶었지만 나는 여행을 와서 그럴 수 없다.

이곳 와서 처음 맞이하는 주일이라 산모 아침 챙겨 주고 서둘러 집을 나섰다. 주인집 애기 엄마가 점심은 교회에서 먹고 천천히 와도 좋다고 해서 모처럼 주일 낮 자유 시간을 만끽하게 되었다.

교회가 20분 거리에 있어 좋았다.

예배 끝나고 '나오미 여전도회'가 있어 나는 따로 일어나 목사님을 만나서 가져간 내 시집 2권을 드리면서 나를 소개하였다. 미국 오게 된 동기는 미 동부 여행도 하고 싶고 뉴저지 사는 조카네 방문도 할 셈으로 왔다고 했다.

우리나라 김형석 교수와 이름이 똑같은 목사님이 짧은 기간이 아쉽지만 다니는 동안 은혜 속에 지내라고 말씀하셨다.

■ 조카 내외와 산책을 ■

오늘은 주일인데 조카 내외가 일찍 찾아왔다. 뜻밖이었다.

교회 가려고 나가고 있는데 전화가 왔다.

그리하여 집 앞에 나가니 기다리고 있어 같이 교회 가서 예배를 드렸다.

'죽은 자의 삶'이란 주제로 내가 십자가에 죽었다가 주와 같이 살아나는 게 '성도의 정체성'이라고 한 설교 말씀에 조카가 은혜받게 해달라고 간절히 기도했다.

예배 끝나고 교회 식당에 가서 식사하고 목사님 내외분과 즐거운 시간을 가졌다. 여러 권사님이 음식을 날라다 주시는 등 너무 친절하게 대해 주셔서 감사하였다.

새벽기도 시간도 주일 예배 시간도 은혜스러워 계속 다니고 싶은 교회이다. 내가 만일 뉴욕 와서 살게 된다면 여기 '비치 허드슨' 마을에 살고 싶다.

부슬부슬 비가 내리기 시작했는데도 조카 내외와 1시간 정도 공원 산책을 하였다. 강변을 걷는데 마치 해변을 거닐고 있는 느낌이었다. 실로 바다 같은 강이었다.

비 오는 날도 사람들이 공원에 많이 나와 주일 오후 시간을 즐기고 있었다. 참 한가로워 보였다.

■ 입주 도우미 끝나는 날 ■

아, 기쁘다. 이제 고생이 끝났다.

내일부터 해방된 민족이다.

일평생을 남의집살이하는 사람들은 어떻게 살까?

한 달을 돌보던 애들 생각은 가끔 날 것이다.

작별 인사를 할 때 애들 엄마 아빠가 그동안 수고했다고

100달러를 더 얹어 주어 고맙게 받았다.

이런 가정 만나게 해 주신 하나님께 감사한다.

오늘은 허드슨 강변 걷기운동 마지막 날이 될 것이다.

대서양과 만나는 곳이라 그런지 늘 바다 같은 분위기다.

코밑에 찝찔한 바다 냄새도 나고 밀물 썰물 현상도 나며 저 멀리 수평선이 아른거린다.

이렇게 경치 좋은 곳에서 한 달을 보내게 되고 새벽 운동을 다닐 수 있게 된 것도 나의 행운이라 감사한다.

바다 같은 강변 마을 '비치 허드슨' 서쪽 마을 유토피아 거리에 있는 '새 누리 교회'를 한 달간 다니며 목사님과 권사, 집사님 여러 분을 알게 되어 즐거운 시간을 보냈다.

또 매주 토요일 새벽 커피 타임이 특별해서 좋았다.

나의 남은 생애 추억에서 언제까지나 기억될 것이다.

■ 조카댁과 쇼핑을 ■

내가 출국하기 전날 밤에 조카댁이 에스티 화장품을 사 준다고 해서 집에서 그리 멀지 않은 MACY 백화점엘 갔다.

우리나라 백화점보다 화려하지 않았고 사람도 별로 많지 않았다. 캐셔들은 중년 여인들이 많았다.

뉴저지의 번화가로 부유층이 모여 사는 동네라고 했지만 역시 뉴욕 번화가와는 좀 차이가 나는 것 같았다.

에스티 영양크림 2통을 샀는데 1통은 한국에서 부모님을 모시고 사는 여동생한테 전해 주라고 했다.

또 마샬에서 운동화를 사 주어 선물로 받았다.

오전에는 조카랑 코스트코에 가서 건강보조 약품들을 샀다.

한 달 일한 수고비를 받아서 먼저 십 일조를 내고 2천 달러는 이번 미 동부 여행 경비로 제하고 나머지는 모두 건강보조 약품 영양제를 샀다.

이번 여행은 조카 내외를 만나 미국 생활을 즐겁게 할 수 있어 고마웠다. 그리고 새 누리 교회 가족들 만난 것도 좋았고 또 여행 경비를 벌게 해 주신 것에 감사했다.

이 모든 것이 하나님의 은혜였다.

■ 조카 내외에 전도 CD를 ■

오늘은 미국에서의 마지막 날이라 조카 내외가 출근하자마자 서둘러 마지막 산책을 다녀왔다.

언제 여길 다시 오겠는가. 골프장 주변 산책을 하면서 잔디와 나무들을 잘 눈여겨봐 두었다.

사슴들의 놀이터, 다람쥐들의 천국, 새들의 보금자리 등 이루 말할 수 없는 자연의 혜택을 누리고 사는 마을이었다.

아침 시간 새 누리 교회 김형석 목사님께 작별 전화를 드렸다. 오늘 밤 출국한다고 했더니 9월쯤 떠난다더니 어찌 그리 갑자기 떠나게 되었냐고 서운해하신다.

나도 서운하였다. 좀 더 다니고 싶은 교회였는데 한 달도 안 되는 시간에 정이 많이 들었다.

새 누리 교회 때문에 비치 허드슨 강변 마을이 더 살고 싶은 곳이 되었다.

목사님께 조카 내외에게 전화 심방을 부탁드렸더니 주소를 알려 주면 CD를 보내 주시겠다고 했다.

조카 내외가 신앙생활을 잘하였으면 좋겠다.

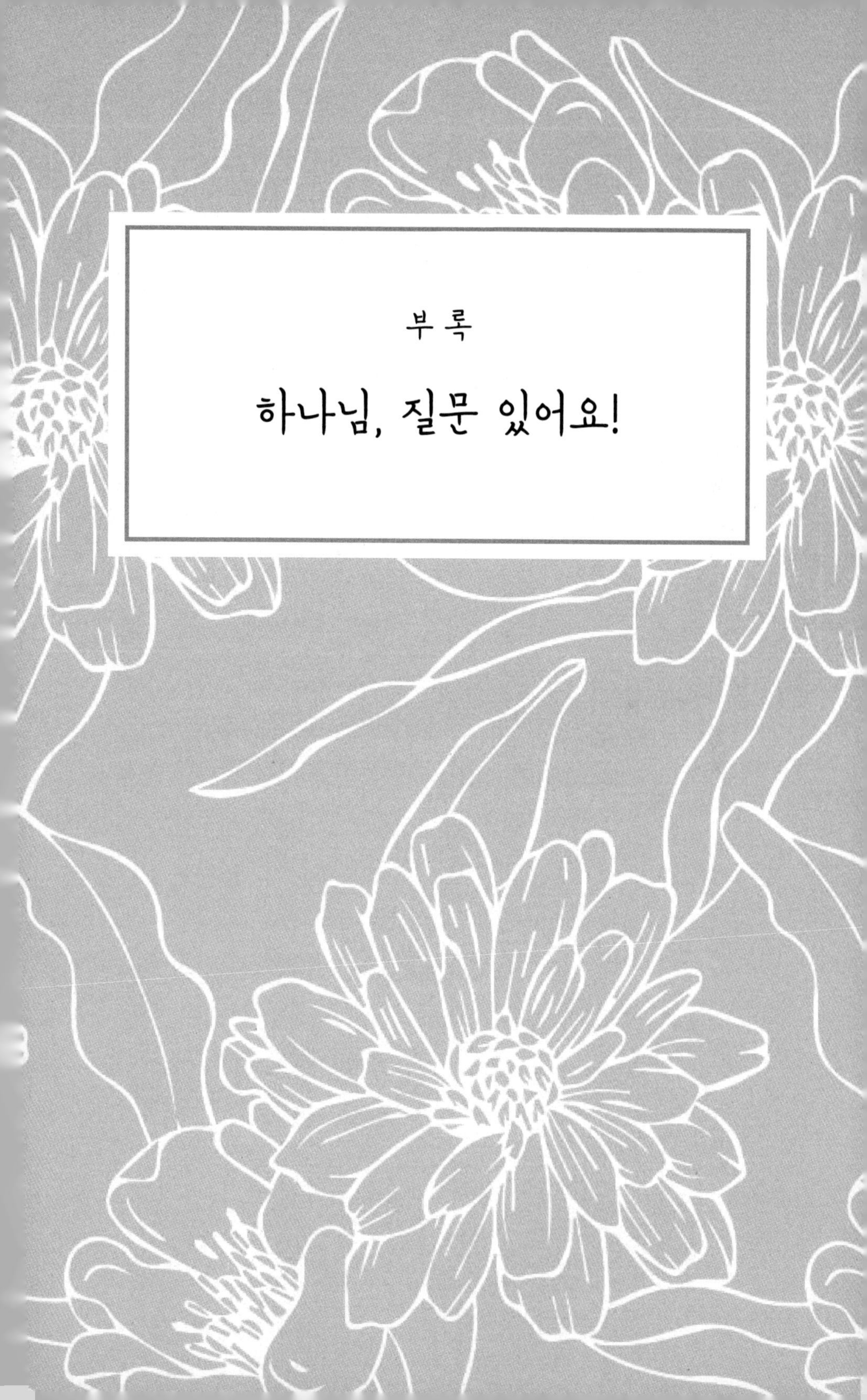

부 록

하나님, 질문 있어요!

– 백인 경찰이 차 밑에 깔린 흑인을
무릎으로 짓누르고 있다.

(출처 : 연합뉴스)

* 마하트마 간디

비폭력 저항운동은 약한 것이 아니라

강한 무기이다.

약한 자는 다른 사람을 용서할 수 없다.

폭력이 짐승의 법칙인 것처럼

비폭력은 인간의 법칙이다.

1. 미국이란 나라 왜 이래요?

1) 백인 우월주의 경찰

코로나 19가 세계적으로 심각한 2020년 5월 25일 미국 미네소타주 미니애폴리스에서 위조수표 용의자로 의심받던 흑인 남성 조지 플로이드(46)가 검거되는 과정에서 백인 경찰의 과잉 진압으로 사망한 사건이 일어났다.

당시 경찰의 무릎 밑에 깔린 플로이드는 목이 눌려 코피를 흘리며 숨을 쉴 수 없다고 고통을 호소했으나 8분 46분 동안 짓눌러서 병원으로 옮겼으나 결국 숨이 지고 말았다.

그리하여 이 사건을 계기로 '흑인의 생명은 소중하다'(black lives matter)며 시민들이 거리로 나와 시위를 벌였는데 흑인뿐 아니라 백인들도 일부 참가하여 시위는 전국적으로 확대되었다. 뉴욕은 물론 로스앤젤레스까지 번져 나갔다.

미국이란 나라는 백인 우월주의가 뿌리 깊어 KKK단이라는 단체까지 만들어 유색인종을 업신여기며 폭력까지 행사한다.

이번에 대통령 선거 결과에 불복하는 트럼프 대통령을 보면서 그 당시에 백인 경찰이 트럼프 대통령 성향에 맞추어 움직였던 게 아닐까 하는 생각이 들었다.

2) 흑인 선수들의 무릎 항의

몇 해 전인 2016년에는 미식축구 경기장에서 애국가가 울려 퍼지자 백인 경찰의 과잉 진압으로 자주 흑인이 사망하는 사건에 항의하는 뜻으로 흑인 선수들이 일어서지 않고 무릎 꿇고 애국가를 부른 적이 있었다.

또 인종차별정책에 항의하는 뜻으로 스포츠 시상식에서 검은 장갑을 낀 주먹을 높이 쳐들어 그들만의 의사를 표현하기도 했다.

미국에서 유색인종 차별에 반대하는 시위는 몇 해에 한 번씩 대규모로 일어난다.

1992년엔 LA에서 가석방 상태에 있는 로드니킹이 경찰에게 몰매를 맞아 사망한 사건으로 대규모시위가 있었다.

흑인뿐 아니라 동양인에게도 혐오스러운 표정을 지으며 매사에 차별대우를 한다.

미국은 본래 합중국이라 여러 민족이 이민 와서 살기에 백인 나라라고 할 수 없는데, 영국에서 신앙의 자유를 누리려고 이민을 온 백인 후손들이 자기들만의 나라라고 우긴다.

3) 유색인의 절규

2019년 겨울 중국 우한지역에서 발생한 바이러스로 인해 모든 동양인을 바이러스 감염자로 보려고 할 때 나온 절규이다.

'모든 동양인이 바이러스가 아니다'
'남미인들 모두가 불법체류자가 아니다'
'모든 무슬림들이 테러리스트가 아니다'
'흑인이라고 모두 폭도가 아니다'
'인디언들이라고 모두 야만인이 아니다'

이런 구호가 미국의 유색인종 차별정책을 여실히 드러내 주고 있다.
링컨 대통령의 남북전쟁이 승리로 이루어진 노예해방 선언이 4백 년이 지났는데도 아직까지도 미국 사회에서 제대로 실현되지 못하고 있다.

왜 하나님은 인간의 피부색을 다르게 만드셨을까?

질문) 노예제도를 왜 만드셨나요?

백인들이 성경에도 노예제도가 있었으니 노예를 부리는 게
당연하다고 여기고 있는 게 아닐까요.

(사도 바울이 도망친 노예 오네시모를 그의 주인 빌레몬에게 보내면서 회개를 하고 돌아가는 것이니 그리스도의 사랑으로 받아들여 줄 것을 부탁하는 '빌레몬서'를 읽으며)

2. 창세기에서

1) 인류의 조상 아담

태초에 하나님이 천지를 창조하시니라

여호와 하나님이 땅의 흙으로 사람을 지으시고 생기를 그 코에 불어 넣으시니 사람이 생령이 되니라

여호와 하나님이 이르시되 사람이 혼자 지내는 것이 좋지 아니하니 내가 그를 위하여 돕는 배필을 지으리라 하시니라

여호와 하나님이 아담에게서 취하신 그 갈빗대로 여자를 만드시고 그를 아담에게로 이끌어 오시니

아담이 이르되 "이는 내 뼈 중의 뼈요 살 중의 살이라"

이것을 남자에게서 취하였은즉 여자라 부르리라 하니라

질문) 아담의 피부는 무슨 색인가요?

■ **선악과** ■

선악을 알게 하는 나무의 열매는 먹지 말라

네가 먹는 날에는 반드시 죽으리라

여호와 하나님이 그 땅에서 보기에 아름답고 먹기에 좋은 나무가 나게 하시니 동산 가운데에는 생명나무와 선악을 알게 하는 나무도 있더라

질문) 선과 악을 알게 하는 나무를 왜 만드셨나요?

뱀이 여자에게 이르되 너희가 결코 죽지 아니하리라

너희가 그것을 먹는 날에는 너희 눈이 밝아져 하나님과 같이 되어 선악을 알게 될 줄을 하나님이 아심이니라(창 3:4–5)

결국 뱀의 꾐에 여자가 선악과를 따먹고 아담에게도 주어

인간에게 죄가 들어왔다고 했다.

■ **아담의 자손들** ■

아담이 그의 아내 하와와 동침하매 하와가 임신하여 가인을 낳고 또 가인의 아우 아벨을 낳았는데 아벨은 양 치는 자였고 가인은 농사하는 자였더라

세월이 흘러 가인과 아벨이 여호와께 제사를 드렸는데 아벨의 제물

은 받으셨으나 가인의 제물은 받지 않으시자, 화가 난 가인이 아벨을 쳐 죽이니라

가인이 여호와 앞을 떠나 에덴의 동쪽에 거주하고
아담은 다시 자기 아내와 동침하여 셋을 낳았다
이는 하나님이 아벨 대신 다른 씨를 주신 것이다

그 후 셋의 후손에서 에녹과 노아가 등장한다.
그리고 노아의 방주 이야기가 펼쳐진다.

노아는 의인이요 당대에 완전한 자라 그는 하나님과 동행하였으며 세 아들을 낳았으니 셈과 함과 야벳이라

그때에 온 땅이 부패하여 포악함이 세상에 가득하므로 끝 날이 이르렀으니 내가 그들을 땅과 함께 멸하리라

너는 코페르 나무로 방주를 만들고 너의 가족과 모든 들짐승과 가축, 땅에 기는 모든 것 새의 그 종류대로 보존하라
노아가 여호와께서 자기에게 명하신 대로 다 준행하였더라

홍수가 땅에 사십일 동안 계속된 지라 물이 백오십일을 땅에 넘쳤더라
비가 그치고 다시 백오십일을 지나 물이 줄어들고 또 사십일에 칠 일

을 기다려 땅이 마른 후에 지상에 내려와 노아는 여호와께 제단을 쌓았다.

2) 노아의 세 아들

방주에서 나온 노아의 세 아들은 셈과 함과 야벳이며 이 세 아들로부터 사람들이 온 땅에 퍼지니라

노아가 농사를 시작하여 포도나무를 심었더니 포도주를 마시고 취하여 그 장막 안에서 벌거벗은지라

함이 그의 아버지의 하체를 보고 밖으로 나가서 그의 두 형제에게 알리매 셈과 야벳이 옷을 가져다가 자기들의 어깨에 메고 뒷걸음쳐 들어가서 아버지의 하체를 덮었으며 얼굴을 돌이키고 아버지의 하체를 보지 아니하였더라

노아가 술이 깨어 작은아들이 자기에게 행한 일을 알고 이르되

"가나안은 저주를 받아 그의 형제의 종들의 종이 되기를 원하노라" 하고 또 이르되

"셈의 하나님 여호와를 찬송하리로다 가나안은 셈의 종이 되고 하나님이 야벳을 창대하게 하사 셈의 장막에 거하게 하시고 가나안은 그의 종이 되게 하시기를 원하노라" 하였더라

질문) 노아의 세 아들 중 누가 흑인의 조상인가요?

■ 유 머 ■

아담과 이브가 에덴동산을 거닐고 있었다.

그때 이브가 아담에게
“절 사랑하세요?” 물었다.

그러자 아담이 무심하게 대답했다.
“그럼 누가 또 있나?”

3. 검둥이도 사람이다

1) 미합중국의 탄생

1620년 9월 영국의 청교도들 102명이 그들의 신앙을 지키기 위해서 미지의 땅 아메리카 대륙으로 이민을 왔다.

이민선 '메이플라워호'를 타고 66일의 항해 끝에 아메리카 대륙을 밟은 것이다.

그리고 본토에 살고 있는 원주민을 '인디언 보호 구역'을 만들어 변방으로 내쫓고 영국 식민지령으로 살기 시작하였다.

그러다가 2백여 년이 흘러 영국 식민지로부터 독립을 한다.

그리고 1789년 초대 대통령으로 조지 워싱턴이 선출되었으나 남과 북이 이념과 생각 차이로 계속 충돌하였다.

심지어는 노예 문제로도 갈등을 빚어 남쪽에서는 계속 노예들을 소유물로 부리겠다고 하고 북쪽에서는 다 같은 인간으로 존중해주자는 의견들이어서 팽팽한 대립이 일어났다.

결국, 1860년 에이브러햄 링컨이 제16대 대통령이 되자마자 1861년부터 4년간 남북전쟁이 일어나 국토는 황폐해졌고 특히 전쟁에 패한 남부에서는 백성들이 분노하였다.

그러나 남북전쟁이 북부의 승리로 끝나고 1863년 링컨 대통령에 의해 남부에 노예해방이 선포되었다.

하지만 1865년에야 노예제도가 남부에서 완전히 폐지되었다.

이때 남북전쟁을 승리로 이끌었던 지도자 링컨 대통령의 기도 말은 유명하다.

'내 지혜 내 능력 내 노력만 가지고는 아무것도 할 수 없다.'

그는 청교도의 후예답게 철저한 신앙 정신으로 나라를 통치하려 노력하였고 늘 기도하는 대통령이었다.

2) 흑인은 왜 노예인가?

■ 톰 아저씨의 오두막집 ■

1850년 미국 의회에서 도망 노예 법(도망치다 잡힌 노예들의 재판을 금지하고 그를 도와준 자까지 처벌을 받게 하는 법)에 깊은 분노를 느낀 스토 부인이 실화를 바탕으로 '엉클 톰스 캐빈'이란 소설을 썼다.

미국에서 목사의 딸로 태어난 스토 부인이 1852년 쓴 장편 소설로써 흑인 노예의 비참한 생활을 묘사하여 노예제도 폐지의 여론에 크게 영향을 주었다.

그리고 노예제도가 백인 노예주들의 인간성과 도덕성을 얼마나 망가뜨리는가를 강조한다.

(줄거리)

본성이 착한 엉클 톰은 친절한 주인 밑에서 살았으나 주인의 경제적 사정 때문에 팔려간다. 거기서 육체적 정신적 고통을 견디면서 도망갈 기회가 주어져도 거부하고 참혹한 죽음을 맞을 때까지 그리스도의 자비와 용서에 대한 믿음을 잃지 않는다.

1700년대 유럽에는 노예상인들이 등장하여 아프리카 원주민들을 강제로 붙잡아 와 노예선에 태우고 아메리카 백인들에게 팔아넘겨 그들을 사람이 아니고 동물처럼 여겨 재산목록으로 물건처럼 사서 자기들 소유로 만들어 종으로 부렸다.

그 아프리카 원주민들의 피부가 검어서 흑인이라 불렀다.

■ 뿌 리 ■

그 내력을 잘 알 수 있는 것은 미국의 흑인 작가 '알렉스 헤일리'가 자기의 7대 조상 '쿤타킨테' 이야기를 226년 만에 1976년 책으로 펴냄으로써 세상에 알려지게 되었다.

(줄거리)

1767년 아프리카 감비아 지역 자기 고향에서 부모 형제와 단란하게 살고 있던 '쿤타킨테'는 17세 때 들판으로 나갔다가 라이벌인 코로 가문의 배신으로 영국 백인 노예상인에게 인도되고 강제로 배에 태워 아메리카로 끌려가 어느 농장주에게 노예로 팔려가게 된다.

이때부터 여러 대에 걸쳐 노예생활을 하게 된다.

미국이라는 타향에서 가정을 꾸리고 아들 손자에 또 그 손자들까지 모두가 대대로 노예로 살아야 하는 눈물겨운 조상의 이야기를 쓰기 위해 작가는 12년에 걸쳐 자료를 찾아 아프리카를 드나들며 실화 바탕의 소설을 쓰게 된 것이다.

우리나라에서도 여러 해 전 드라마가 연재되기도 해서 시청자 모두가 슬픈 감동으로 보았던 기억이 난다.

■ 아미스타드 ■

1998년 스티븐 스필버그 감독, 모건 프리건 주연의 실화 영화가 미국 전역 극장에서 상영되었다.

(줄거리)

아프리카 흑인들을 사로잡은 포르투갈 노예 무역상인들이 쿠바의 아바나로 가서 노예무역을 하고 다시 노예선 아미스타드 호에 흑인들을 태우고 미국으로 향해 가는 도중에 선상 반란이 일어났다.

배 밑창에서 노를 젓는 흑인들의 참상은 눈 뜨고는 못 볼 광경이었다. 사람이 아니고 가축으로 여기니 조금만 잘못 저어도 채찍을 휘둘러 살점이 묻어나고 그러다가 중병이 들면 바닷속에 집어 던져 버린다.

1839년 겨울 53명의 흑인이 백인 선원들을 살해하고 두 명만 남겨 배를 몰게 했는데 아프리카로 간다고 해 놓고 두 달을 항해한 끝에 미국 코네티컷 해안에 도착했다.

그리고 그들 모두를 미국 해군에 넘겨 살인 혐의로 감옥으로 가게 만들었다.

그때 흑인 해방 운동가 죠드슨을 만나게 된다. 그가 변호사를 찾아갔는데 '노예는 재산'이라는 통념을 가지고 있던 변호사가 반란 주동자 신큐를 만나면서 흑인이 가축이나 노예가 아니라는 생각으로 노예폐지 옹호자들과 동조하며 재판 1심에서 승소한다.

그러나 대통령 재선을 앞두고 남부인들의 반발을 우려한 마틴 반 뷰렌의 압력으로 1심 선고가 뒤집힌다.

그렇지만 죠드슨은 끈질기게 백방으로 노력하여 지금은 변호사로 활동하고 있는 미국의 제 6대 대통령이었던 존 퀸시 애덤스를 찾아가 해군에 붙잡혀 있는 흑인들이 그들의 고향 아프리카로 돌아가게 해 달라고 구명 운동을 부탁한다.

결국, 애덤스가 나서서 재판에 나가 변호를 하고 그들이 풀려나 귀국선을 타고 아프리카로 돌아가게 된다.

1839년에서 1842년까지 기나긴 싸움 끝에 자유를 찾은 53명의 아프리카인은 얼마나 감격하며 고향 땅을 밟겠는가.

피부가 검다는 이유로 노예가 된다는 비참한 역사를 아프리카인들만의 고통으로 지나쳐야 하는 걸까!

■ 노예 12년 ■

1840년대 노예수입이 금지되자 흑인 납치사건이 빈번히 일어나고 있는 그즈음에 일어난 실제 이야기를 2014년에 스티브 맥퀸이 감독하고, 치웨텔 에지오프가 주연한 영화이다.

(줄거리)

뉴욕 주에 사는 자유인 흑인 바이올린 연주자 솔로몬 노섭은 어느 날 워싱턴에 좋은 일자리가 있다는 지인의 연락을 받고 나갔다가 갑자기 납치를 당해 배를 타게 되고 뉴올리언스 노예시장에서 '플랫'이란 이름으로 한 농장 주인에게 팔려간다.

처음 농장 주인은 좋은 사람이었는데 생활이 쪼들리자 노예들을 다른 사람에게 맡기게 된다. 그런데 새 주인은 폭력적이어서 힘든 세월을 보내게 된다. 그렇게 10여 년이 지나갔다.

그러다가 집을 새로 짓는다며 목수 장을 불러 왔는데 그는 노예제도를 못마땅하게 여기는 캐나다 사람이었다. 그때 노섭이 자기 형편의 얘기를 하며 친구에게 편지를 보내고 싶은데 도와 달라고 했더니 기꺼이 편지 심부름을 해 주었다.

노섭의 편지를 받은 친구가 변호인과 함께 자유인 증서를 들고 와서 농장 주인에게 보이고 집으로 돌아간다.

이렇게 노예생활은 끝났지만, 그 12년 세월의 억울함은 어디서 어떻게 보상받을 수 있겠는가.

그 후 노예상인들을 재판에 올리지만, 백인의 재판정에서 아무 일 없었다는 듯 풀려난다.

요즘도 백인 우월주의 미국인데 그 시대야 오죽했겠는가!

아메리카 땅에 미국이 처음 나라를 세울 때는 무법천지였던 게 틀림없었다.

하긴 미국의 서부개척시대 영화를 보면 무법천지였던 것임을 알 수 있었다.

세상이 끝날 때까지 미국 땅에서의 흑백 분쟁은 계속될까?

언제까지 차별 대우를 받게 될지 안쓰럽다.

3) 킹 목사의 꿈

1950년대엔 미국에서 버스의 앞자리에 백인이 앉고 뒷자리에 흑인이 앉아 다녔다. 하루는 흑인 여성이 뒷자리에 앉았는데, 한 백인 남성이 앞자리에 앉을 자리가 없자 뒷자리에 앉아 있는 흑인 여성에게 와서 왜 자리를 양보하지 않느냐고 폭력을 가하는 사건이 일어났다.

그로 인해 흑인들의 시위와 폭동이 일어났다.

그때 마틴 루터 킹 목사는 흑인들의 폭동을 진정시키고 비폭력으로 항거 시위를 하도록 하였다.

버스 안 타기 운동으로 먼 길을 걸어 다니면서 자유를 만끽하였다. 그러자 버스를 안 타고 다니는 흑인들을 체포하고 그들을 지휘하는 킹 목사 집에 테러를 행사하였다.

1963년 8월 23일 드디어 워싱턴에 25만 명 군중이 모여 집회를 열었다.

그 날 그 유명한 킹 목사의 연설

'I have a dream!'이 온 세계에 퍼져 나갔다.

"나에게는 꿈이 있습니다.

옛 노예의 후손들과 옛 주인의 후손들이 형제처럼 손을 맞잡고 나란히 앉게 되는 것입니다."

그 연설이 있고 난 뒤 드디어 흑인들은 투표권을 얻고 처벌을 면하게 되었다.

킹 목사는 평화의 방법으로 세상을 바꿀 수 있다는 믿음이 있었고 결국 그 믿음을 실현시켰다.

그러나 몇 달 후에 극우 백인 우월주의 조직 KKK 단에 의해 저격당해 숨지고 말았다.

나라 법에 정해 있어도 뿌리 깊은 미국 사회에서는 흑인들을 차별하는 의식이 사라지지 않는다.

흑인이 가축이 아니고 사람이라는 것을 인정하려 하지 않는 사람들이 아직도 너무 많은 것 같다.

이래도 미국이라는 나라가 선진국인가?
어떻게 세계를 리드하는 큰 나라인가?
실망감이 밀려온다.

■ Green book 그린 북 ■

'그린 북'은 1936~1960년대의 흑인 운전자를 위한 여행 가이드북이었다. 1960년대까지도 미국 남부 지방에서는 인종 차별이 심하여 흑인이 여행하려면 흑인들만이 이용할 수 있는 숙박업소, 식당, 편의 시설 등이 있는 장소를 만들어 미국 전 지역에 알려야 했다. 즉 흑인들의 안전을 위해 책자를 만들어 출간한 것이었다.

2019년 1월 개봉된 영화 '그린 북'은 1960년에 일어난 실화를 영화로 만들어 20세기에도 미국의 극심한 인종 차별주의를 알려주고자 하였다.

백악관 케네디 대통령의 초대를 받고 지낼 만큼 유명한 피아니스트이지만 남부에 연주 여행을 다니면서 흑인이기에 받는 고통과 수모를 그려 놓았다.

(줄거리)

흑인 피아니스트 '돈 셜리'가 남부 지역으로 연주 여행을 떠나기 위해 매니저 겸 운전사로 백인 '토니'를 채용하게 된다.

언제 어디서나 바른 생활을 하는 완벽한 천재 피아니스트와 원칙보다 반칙을 일삼는 다혈질 백인 운전사가 두 달간 여행하면서 펼쳐지는 이야기이다.

취향도 성격도 완전히 다른 두 남자의 특별한 우정이 전 편에 흐른다. 남부 지방 여기저기서 셜리의 피아노 연주에 수많은 백인이 몰려와 박수를 치며 환호를 하지만 일단 연주가 끝나면 어김없이 흑인으로 차별을 받는다.

식당도 화장실도 따로 사용해야 하는 보통 흑인이 된다.

백인 운전사 토니는 그 모습이 안타까워 자신이 안내하여 호텔 카페로 들어갔지만, 흑인은 안 된다고 쫓겨났다.

셜리는 토니에게

"사람들은 우아하게 내 연주를 듣고 박수를 치다가도 연주가 끝나면 그들에게 나는 그냥 검둥이일 뿐이죠." 말했다.

결국, 두 사람은 흑인 레스토랑에 들어가 식사를 하고 셜리가 피아노 연주를 하는데, 처음으로 자유로이 즐겁게 연주하는 셜리의 환한 모습을 보고 토니는 안쓰러움을 느꼈다.

그렇게 두 달간 남부 여행을 하는 중 어느 날 비가 억수같이 쏟아지는데 백인 경찰의 불시검문을 받았다. 그때 흑인이라고 이유 없이 감방에 가두자 셜리는 경찰의 전화를 빌려 케네디 대통령에게 직접 전화를 걸어 풀려나기도 했다.

아주 통쾌하였다.

역시 뉴 프런티어를 외치던 대통령답게 흑인 셜리를 인종 차별 없이 대해 준 일에 감동을 받았다.

그런데 3년 후인 1963년 11월 22일 셜리의 귀한 고객 케네디 대통령은 괴한 오스왈드의 총탄에 맞아 서거하였다.

한편 두 달 동안 토니가 아내한테 편지 쓰는 것을 셜리가 도와주었는데 토니 아내는 셜리의 도움으로 멋진 문장의 편지를 받게 되었다고 고마워했다.

여행 마치고 돌아오는 길에 눈보라가 치는데 토니가 병이 나서 셜리가 운전을 하여 토니를 집 앞까지 데려다준다.

바로 크리스마스이브에!

집에 온 셜리는 혼자 있기 처량해서 와인 병을 꺼내 들고 토니 집을 방문한다. 마침 토니의 아내가 반기면서 토니 편지 쓰는 거 도와주어 고맙다고 속삭인다.

그리하여 토니의 가족과 함께 셜리는 즐거운 크리스마스를 보내고 행복을 느낀다.

셜리와 토니 두 사람의 우정은 2013년 죽을 때까지 지속되었다. 그리고 몇 달 차이로 같은 해에 세상을 떠났다.

4. 아, 아프리카!

1) 가난에 짓밟힌 소녀들 꿈

며칠 전 방송에서 서아프리카 남단에 있는 자그마한 나라 시에라리온 여성들의 비극적인 삶이 소개되었다.

전 세계가 코로나 19로 위기를 겪고 있는데 그 중에도 이 나라는 학교가 장기 휴학을 하는 틈에 15~6세 되는 소녀들이 강제로 집안 식구들의 호구지책으로 남자들에게 팔려가듯이 시집을 가는 풍경이 벌어진 것이다.

멀리 떨어진 우리나라 소녀들이 집안에 갇혀 이런저런 불평을 하면서 트롯열풍에 빠져 있을 때 지구 반대편에서는 몹쓸 짓이 자행되고 있었다.

"나는 공부를 많이 해서 선생님이 되고 싶었어요."
"나는 간호사가 되고 싶었어요."
"나는 대통령 부인이 되고 싶었어요."

강제로 쫓기듯 시집을 가게 된 소녀들은 하나같이 학교를 계속 다니고 싶고 공부를 더 하고 싶다고 이구동성 말했다.

그들의 꿈은 코로나 때문에, 어른들 때문에, 가난 때문에 무너져 내리고 짓밟혔다.

이 광경을 보면서 시에라리온 공화국이란 나라에 관심을 갖게 되었다. 그래서 찾아보았더니 20세기 가장 잔인한 전쟁 '피의 다이아몬드'가 나의 눈길을 끌었다.

참 기막힌 사건이었다.

국민은 1787년 영국에서 건너온 북미에서 해방된 노예들과 백인 여성들로 구성되었고 1896년부터 영국의 보호령으로 살다가 1920년 민족주의 결성으로 40년간 독립운동을 하고 드디어 1961년 봄에 독립하게 되었다.

그런데 1991년부터 외국으로 빠져나가는 다이아몬드를 지킨다는 명목으로 정부의 반군이 일어나 10년간 통치를 했다.

이 10년간의 내전에 25만 명의 여성이 성적 유린을 당하였고 강제 징집한 소년병이 7천 명이었으며, 소년군에게 손발을 잘린 사람들이 4천 명이 넘었다.

그리고 국민의 3분의 1인 2백만 명이 난민으로 전락하였다.

이를 '피의 다이아몬드'라 일컫는다.

반군은 정치적으로 불리한 선거의 투표를 못 하게 막기 위해서 소년

병에게 마약을 강제로 먹이고 정신을 혼미하게 만들어 성인들의 손발을 자르도록 했다 한다.

이 얼마나 끔찍한 일인가!

2) 통곡하는 프리타운

그리하여 수도 프리타운은 통곡의 도시가 되었다.

당시에 'Cry Freetown'(자국의 언론인에 의해 세상에 공개됨)이란 기사는 세계의 이목을 집중시켰다.

1999년 6월 R U F 반군의 뜨거운 공격, 생물 멸절 작전으로 통곡의 도시가 된 것이다.

소년병에게 손발을 잘린 장정들은 농사도 못 짓고 집안일도 못하니 사람 구실을 할 수가 없었다.

그래도 목숨은 붙어 있으니 먹고 살기 위해서 난민이 되었고

국경 없는 의사회의 도움과 NGO 단체의 도움으로 하루하루 버텨나갔다.

20세기 가장 참혹한 전쟁이 나라 안에서 일어난 것이다.

국민 90%가 한 번도 본 적이 없는 다이아몬드 때문에 전쟁에 휘말리게 된 것이었다.

다이아몬드는 물론 철광석 등 천연자원이 풍부한데 식량 부족으로 기아에 허덕이고 있으니 기가 막힌 노릇이다.

그런데 시에라리온 나라의 다이아몬드는 거의 80%를 이웃 나라 레

바논의 상인들이 소유하고 있었다 한다.

반군들은 헐값으로 팔아 무기를 사들이고 레바논 상인들은 이걸 사서 유럽 전 지역에 비싸게 팔아 이익을 남기고 있었다.

3) 아프리카 난민

날이면 날마다 TV 화면에 유니세프 홍보대사(주로 연예인)가 나와 아프리카 난민을 도와 달라고 홍보하고 있다.

특히 야위어 뼈만 앙상한 아이들의 팔다리와 무표정한 얼굴을 보며 안쓰러워 외면해 버리는 경우가 허다하다.

위의 시에라리온처럼 내전으로 인한 굶주림이 가장 큰 것 같았다. 아프리카 곳곳에 내전이 자주 일어나는 것 같았다.

서로 권력 다툼과 경제 문제로 지도자가 부패해서 정치가 땅에 떨어져 있는 나라들이 아프리카엔 많은 것 같다.

그리하여 연예인들이 여러 형태로 도움을 주고 기독교 방송에서 취재를 나갈 때 성도들이 후원하고 선교사들은 그들에게 빵을 주고 계몽시키고 교육 하려 직접 원주민 속으로 들어가기도 한다. 그러나 돕는 것도 한계가 있다.

풍부한 지하자원을 가지고도 국민 대다수가 절대 빈곤에 허덕이는 이유는 무엇일까?

아프리카 사람들은 언제나 풍족하게 먹고살 수 있을까?

원주민은 흑인이라는데 그들이 함의 자손인가 그렇담 가나안 땅은 아프리카를 말하는 것일까?

4) 유럽의 식민지

유럽 사람들은 밀림의 숲 아프리카를 점령하여 대자연을 훼손하고 원주민들을 자신들의 소유물로 만들어 노예무역을 통해 경제적인 부를 이루었다.

300년이라는 긴 시간을 아프리카인들은 말할 수 없는 고통을 받으며 노예로 팔려갔다. 이러한 노예무역으로 서구 사회는 산업화를 거치며 부유해졌지만, 아프리카의 역사와 문화는 암흑기였다.

유럽의 여러 나라는 아름다운 아프리카 땅을 자기들 마음대로 50여 국토로 나누어 종족 간 다툼의 불씨를 키웠다.

유럽 나라들은 상대의 국경 침범에 군사력을 동원해서 대처하지만, 아프리카 원주민들은 종족대로 모여 국경 관계없이 사회를 구성하고 나아가 국가나 민족을 구성했었다.

그러니까 유럽 식민지 이전의 아프리카는 역사와 문화로 국경을 나누어 서로 소통하며 평화롭게 지냈었다. 그런데 유럽의 무력으로 그 평화가 다 깨진 것이다.

그리하여 오랜 세월의 노예생활은 아프리카인들의 마음에 정신적 상처를 주고 식민지에 젖어 살도록 원주민들을 무력하게 만들어 버렸다.

5) 부패한 정치가

그래서 아프리카는 유럽의 식민지를 겪으면서 국경이 유럽식으로 나뉘어 종족 토지 문화 정체성이 무너져 영원히 뿔뿔이 흩어져 버리게 되었다.

게다가 부패한 아프리카 정치인들이 서구 제국주의의 도움을 받아 꼭두각시 정권을 만들어 더욱 혼란스러운 부패한 나라가 되었다. 그렇게 쿠데타를 통해 잡은 권력은 쉽게 포기되지 않고 장기 집권으로 국가 발전을 후퇴시키고 말았다.

석유를 비롯한 풍부한 지하자원은 유럽과 미국 중국 등 열강들이 빼앗아가고 불법적으로 수출무역을 하는 장군들의 개인 군대는 자국민을 배려하지 않고 권력 유지에 눈이 멀어 약탈과 살상으로 자기 국민을 죽음으로 내몰고 있었다.

이리하여 대자연이 아름답고 지하자원이 풍부한 아프리카 땅에서 원주민들은 마실 물이 없어 강을 찾아다니고 지도자 없는 각 나라에서 헐벗고 굶주리며 세계의 여러 나라에 구걸하며 살아야 했다.

6) 지도자 만델라

아프리카 여러 나라 중에서 그래도 가장 잘 사는 나라는 남아 연방공화국이었다. 네덜란드 식민지였으나 일찍 자유를 선언하고 최근에는 1인당 국민 소득이 6,400달러나 된다.

그러나 그 밖의 나라들은 자유를 찾았지만, 여전히 빈민 국으로 살고 있다.

남아공화국에는 넬슨 만델라라는 지도자가 있었다.

요하네스버그 흑인 집단 거주 지역에 살면서 변호사 학위를 취득하여 1944년 아프리카 민족회의(ANC)에서 흑백 인종 차별 철폐운동을 하며 청년동맹원으로 활동하였다.

그리고 1948년 백인 정당이 흑인 차별 법을 제정하자, 이에 맞서 비폭력 불복종 운동을 하다가 1952년 체포 투옥되었다.

이로 인해 7천 명에 불과하던 ANC 회원이 10만 명으로 늘고 흑백 차별정책이 세계 전역으로 널리 알려지게 되었다.

그러자 백인 정부는 국가 비상사태를 선포하고 탄압과 검거를 시작하였다. 그때 감옥에서 나온 만델라는 '민족의 창'이란 단체를 만들어 이번에는 비폭력이 아닌 무장 투쟁으로 전환해서 흑인 차별 철폐운동을 벌였다.

7) 옥중에서 상을 받다

남아공 흑인 지도자 넬슨 만델라는 결국 1962년 또 체포되어 1964년에 종신형을 선고받고 복역 중 3가지 상을 받았다.

1979년 자와 하랄 네루 상, 1981년 브루노 크라이 스키 인권 상, 1983년 유네스코 시몬 볼리바 국제상을 받았다.

1998년 그의 70세 생일에는 영국 런던 웸블리 경기장에 8만여 명이 모여 만델라 생일 축하 기념 음악회를 열기도 하였다.

아직도 감방 속에 있는 만델라를 그것도 아프리카를 식민지로 만들고 노예무역으로 원주민을 노예로 만들어 사고팔았던 영국 땅에서 수만 명이 모여 흑인 지도자를 영웅화시킨 것은 대단한 일이었고, 참 세상이 많이 변했다는 것을 알 수 있었다.

1990년 드디어 27년간의 감방 생활에서 석방되었다.

그리고 1993년 인종 차별 철폐 노력의 공로로 노벨 평화상을 받고 2002년에는 프랭클린 루즈벨트 상을 받았다.

흑인 인권 운동가로 활약하면서 두 번 이혼을 하고 1998년 세 번째 결혼을 해서 2013년 95세의 나이로 세상을 떠났다.

8) 첫 흑인 대통령

남아프리카 공화국은 1994년 민주선거로 넬슨 만델라를 첫 흑인 대통령으로 선출하였다.

그동안 유럽의 백인 지도자의 통치하에 있던 남아공화국이 이제 민족의 지도자를 맞아 자기 민족끼리 잘살게 된 것이다. 드디어 아프리카의 원주민이 지도자가 된 것이다.

만델라는 5년간의 임기 중에 흑백 평화 공존 화합으로 백인이 용서를 빌면 용서해 주고 서로 화해를 하도록 해서 평화를 누리며 살아가게 하였다.

그리하여 민주화와 세계 인권 운동가로 용서와 화해의 아이콘이 되었다.

세계의 흑인 인권 운동가로 27년 동안 감방 생활을 하면서 아프리카의 자유와 원주민의 인권을 위해 기도하였다.

그의 저서로는 '투쟁은 나의 인생'과 '자유를 향한 머나먼 여정'이 있다.

그 후 아프리카 모든 나라가 독립을 하였고 자유가 주어졌으나, 워낙 300여 년간 식민지로 살아서 자유를 누리는 방법이나 생계를 유지하는 길을 잘 모르는 것 같았다.

9) 울지 마 톤즈

'울지 마 톤즈'는 KBS의 한 PD가 고 이태석 신부의 일대기를 영화로 만들어 상영한 제목이다.

이태석 신부는 2001년 사제 서품을 받고 자청해서 내전 중인 아프리카 수단으로 의료 선교를 나간다.

헐벗고 굶주리고 다치고 병에 걸린 희망을 잃은 남수단 원주민들에게 의술과 예술로 따듯한 사랑을 베풀다가 과로로 병이 들어 48세의 젊은 나이로 세상을 떠나게 된다.

그러나 이태석 신부는 남수단 청년들에게 꿈과 희망을 심어주었다. 특히 음악을 통해 희망을 안겨주었다.

가슴 아프지만, 너무나 아름답고 존경스러운 일생이었다.

또 여기서 이 신부는

"진정한 선교란 같이 있어 주는 것이다"라는 것을 깨닫고 그들과 동고동락하게 된다.

그리고 스스로 질문을 하고 대답을 한다.

"예수님이라면 이곳에 학교를 먼저 지으실까? 성당을 먼저 지으실까?"

"단연코 학교를 먼저 지으시고 교육을 받게 하실 것이다."

묵상

이태석 신부

십자가 앞에 꿇어 주께 물었네
추위와 굶주림에 시달리는 이들
총부리 앞에서 피 흘리며 죽어가는 이들을
왜 당신은 보고만 있느냐고
눈물을 흘리면서 주께 물었네

세상엔 죄인들과 닫힌 감옥이 있어야만 하고
인간은 고통 속에서 번민해야 하느냐고
조용한 침묵 속에서 주님 말씀하셨지
사랑, 사랑, 사랑, 오직 서로 사랑하라고

난 영원히 기도하리라, 세계 평화 위해
난 사랑하리라, 내 모든 것 바쳐

그야말로 예수님의 모습을 닮은 젊은 영혼의 기도문이다.
오, 주님! 나도 예수님을 닮아 살게 해 주세요.

10) 흑인 영가

이탈리아 거장 베르디의 오페라 '나부코'에 나오는 '히브리 노예들의 합창'을 듣고 눈물을 흐리지 않는 사람은 별로 없을 것이다. 지휘는 제임스 레반인, 뉴욕 메트로폴리탄 오페라단의 연극이 유명하다.

한때 이탈리아가 오스트리아 합스부르크 왕조의 지배를 받고 있을 당시 1842년 3월 9일 밀라노 스칼라극장에서 초연한 'Nabucco'(성경 속 느브갓네살 왕의 이탈리아식 이름)는 나부코도노소로 왕의 비극을 다룬 오페라였다.

오페라 제3막에 등장하는 '히브리 노예들의 합창'은 당시의 이탈리아 국민의 민족의식을 일깨우고 오스트리아의 지배로부터 독립하는 데 큰 원천이 되었다.

이 합창은 바빌론으로 끌려온 유대인들이 유프라테스 강변에 앉아 고향 예루살렘을 그리워하며 부르는 노래(시 137:1-4)인데, 오스트리아 합스부르크 왕조의 지배를 받고 있던 이탈리아 국민에게 독립 의지를 갖게 하였다.

그리하여 이 노래는 이탈리아 제2 애국가가 되었다.

히브리 노예들의 합창

가거라 내 마음아 금빛 날개를 타고
언덕 위로 날아가라
훈훈하고 다정하던 바람과 향기롭던 나의 고향
요단강의 푸른 언덕과 시온성이 우리를 반겨 주네

오, 빼앗긴 위대한 나의 조국 가슴에 사무치네
오, 절망으로 가득 찬 소중한 추억이여
예언자의 금빛 하프여 그대는 침묵을 지키네
우리 기억에 불을 붙이자

지나간 세월을 이야기해 다오
예루살렘의 잔인한 운명처럼
쓰라린 비탄의 시를 노래 부르자

흘러간 운명을 되새기며 고통과 슬픔 참아 낼 때
주님이 우리에게 용기 주시리라
주님이 우리에게 용기 주시리라
주님이 자비를 베푸시리
자비를 베푸시리

내가 몇 해 전에 교회 성가대를 은퇴한 장로님과 권사들로 구성된 합창단에 잠깐 있었을 때 바로 이 노래 '히브리 노예들의 합창'을 발표한 적이 있었다.

연습을 하면서도 눈물이 글썽일 정도로 슬픈 스토리의 노래였는데 너무 가슴에 와 닿아 정말 그 당시 노예들의 참상을 그려보는 듯하였다.

이 밖에도 많은 흑인 영가는 듣는 이의 가슴을 슬프면서도 황홀하게 만들어주며 노예들의 애환을 담은 노랫말들은 심금을 울려주고 하늘의 뜻을 헤아리게 속삭여 준다.

특히 교회 음악은 우리의 영혼을 천상으로 올려준다.

그리하여 하나님에 대한 경외심을 갖게 한다.

더욱이 나이 든 사람에게 교회 음악을 체험하게 하는 것은 오랫동안 잊고 있었던 젊은 날의 감성과 낭만을 되찾아 그동안 잊고 지냈던 기억들을 되살리고 새로운 앞날을 보게 한다.

또한, 음악은 늙어가는 영혼을 젊게 만들어주는 치유의 능력이 있음도 알게 한다.

11) 그래도 행복해하는 사람들

■ 나미비아인의 행복지수 ■

아프리카 남아공화국과 국경을 이루고 있는 사막의 나라 나미비아 나라에서 마실 물이 없어 강으로 물을 뜨러 다니는 청년을 한 기자가 만났다.

"먹을 물과 빨래를 할 수 있는 강이 있어 우리는 부자예요."하며 웃었다. 그 행복의 미소!

물 한 모금 구하러 먼 길을 걸어 강물을 길어오면서 만족해하는 소년들이 아프리카에는 많이 있다고 한다.

물을 길어 올 수 있는 강이 있어 감사해 하는 아프리카 사람들, 이 얼마나 소박한 행복인가. 저절로 고개가 숙여진다.

온갖 물질문명 속에서 부족함 없이 살면서도 우리는 늘 불평불만 하며 살고 있다.

물 귀한 것 모르고 음식을 넘치게 만들어 마구 버린다.

하나님이 지구 위 만물들을 진정 불공평하게 만드셨을까?

옥토와 돌짝밭, 산들과 사막, 아시아 유럽과 아프리카 북남미 호주 땅들의 다름을 어찌하랴.

특히 가장 일구기가 힘든 아프리카 땅은 어찌합니까?

그리하여 내가 하나님께 기도로 질문하였다.

질문) 왜 아프리카 땅은 밀림 아니면 황무지인가요?

그곳 사는 사람들의 생계는 어떡하라고?

굶어서 죽고 질병으로 죽고 이러한 아프리카 사람들을 왜

그냥 보고만 계시는가요?

+) 그랬더니 마음속에 답을 주셨다.

지구 위의 인류들이 다 먹고 잘 살도록 먹을 것 입을 것 마실 것을 주었는데, 욕심을 부려 형제의 것, 친구의 것, 이웃의 것을 탈취하는 사람들 때문에 그런 것이다.

힘 있는 자들은 힘없는 자들을 도와줘야 하는데 동물들처럼 약육강식을 하려 드니 바로 너희가 힘이 없는 이웃을 헐벗고 굶주리게 하는구나.

모두 자기 분량만 갖고 다 내놓으면 다 같이 잘 살 수 있을 것인데.

5. 입양아의 비극

1) 그들은 미국인이 아니었다

한국전쟁 70년 특별기획으로 CBS에서 방영한 다큐멘터리를 보고 나는 깜짝 놀랐다.
'그들은 미국인이 아니었다.'라는 프로였는데 정말 큰 충격이었다.

우리나라 6·25 때 많은 전쟁고아가 생겼고 그 당시 '홀트 아동복지재단'이 만들어져 그 고아들을 해외로 입양시켰는데 그중에 미국으로 가장 많이들 입양되어 갔었다.

그래서 내 생각엔 참 잘 되었다고 생각하였다. 폐허가 된 나라에서 고아로 흘러다니는 것보다는 그들을 사랑으로 품어주는 양부모를 만나 행복하게 살 테니까 말이다.
그런데 그들은 양부모의 자녀로 입양된 것이 아니었나 보다.

한국전쟁이 끝나고 30여 년 동안 어렵게 살면서 미혼모 자녀는 물론 가난한 가정에서 신생아를 버리는 경우가 많았다.

심지어는 한 교회에서는 입구에 '베이비 박스'를 만들어 놓아 길에 버리지 말고 여기다 넣으라고 계몽까지 했을 정도였다.

그리하여 홀트 아동복지 재단을 통해 수많은 고아를 해외로 입양시키곤 하였다.

그런데 그 아이들이 양부모 밑에서 제대로 대우를 받지 못하고 살았던 것 같다. 물론 자기 자식으로 정식 입양시켜 잘 키운 가정도 있겠지만, 어린 시절 정부에서 주는 양육비로 키우다가 성인이 되어 양육비가 끊어지고 독립을 해야 하니까 그때 파양을 해서 내보냈을 가능성이 크다는 생각이 든다.

어느 양부모는 입양하는 즉시 자동으로 미국 시민이 되는 줄 알았다고 하는 때도 있었다.

어떤 경우는 목사님 가정으로 입양되었는데 성폭행과 성추행을 당해 가출을 하게 되니 저절로 파양을 당했다고 했다.

그러다가 나쁜 길로 빠지고 배고파 훔쳐 먹다 걸리고 싸우다 걸려 감옥에 들어가고 이런 사건이 자주 일어났다.

▷ **예화 1**

한 청년은 운전면허증 발급 때에 자신이 미국인이 아니라는 것을 처음으로 알아 충격을 받았다고 했다.

자신은 1990년 초등학교 다닐 때 미국 성조기에 국기에 대해 맹세까지 하며 학교에 다녔는데 미국인이 아니라니 황당하였다. 양부모는 입양 서류를 내면 자동으로 자기 자녀가 되는 줄 알았다고 했다.

▷ **예화 2**

라스베이거스에 사는 한 젊은 여성은 미 해군에 복무하며 이라크전까지 참전하였는데 양부모의 이혼으로 파양되었다. 16세부터 나라에 세금도 내고 미국인처럼 살았는데 친구와 유럽여행을 가려고 여권신청을 하면서 자기가 미국인이 아니라는 걸 그때 알았다.

2001년 아동 시민권 부여할 때 6개월이 지나 받지 못하여 계속 '월드 허그 파운데이션' 단체의 도움을 받아 노력 중이다.

▷ **예화 3**

휴스턴에 사는 54세 된 여성으로 자기는 7개월 때 입양됐는데 1992년 투표 행사도 하였고 미국인이 아니라는 사실을 상상도 못 하였다. 30세가 되어 여권신청을 하러 가서 자신이 미국인이 아니란 것을 알았다.

이민국에 가서 투표 참여까지 했는데 미국인이 아니라는 게 말이 되냐고 하니까 오히려 위법을 저질렀다고 야단을 쳤다.

그래서 '월드 허그 파운데이션' 단체의 도움으로 2년간 자료를 수집하여 1019년 4월 3일 자로 미국 시민권을 받게 되었고 이제 합법적인 미국 시민이 되었다.

지금은 텍사스 주 상원의원 보좌관으로 일하고 있다.

▷ **예화 4**

지금은 이태원에서 멕시코 식당을 운영하는 40대의 한 남성 이야기이다. 10여 년 전 미국의 감옥 생활 3년 후 한국에 가겠다면 감형해 주겠다고 해서 그러마 하고 했더니, 어느 날 미국 공항에서 비행기로 실려 와 인천 국제공항에 내버려졌다.

순간 톰 행크스 주연의 '터미널' 영화 생각이 났다. 내전 중 나라가 없어져 오도 가도 못해 터미널에 갇혀 1년 넘게 살아내던 이야기.

20대 젊은이가 아는 사람 하나도 없는 이방인이 되어 고국으로 돌아왔으나 국가는 아무런 도움을 주지 않았다.

그래도 그는 용기를 가지고 외국인들이 많이 사는 이태원에 들어가 20년 가까이 고생고생하면서 양어머니가 멕시코 요리를 해준 기억을 살려 멕시코 식당을 하게 된 것이다.

어찌 이런 가슴 아픈 일들이 일어날 수 있을까 의구심이 들지만, 이 모든 일이 사실이라는 것이다. 일반적으로는 상상도 할 수 없는 일들이 비일비재 일어나고 있다.

2) 고국에 와서 자살을!

▷ 예화 5

그밖에 초등학교 입학 때 입양되어 30여 년을 미국에서 살다가 추방되어 온 한 남자 이야기이다.

조국에 와서도 노숙자로 전전하다가 한국생활에 적응을 못 하고 1917년 43세에 나이로 투신자살하였다.

그런데 죽은 지 이틀이 지나 정부의 수급 대상자 통지가 왔으나 이미 고인이 된 자에겐 무슨 소용이 있겠는가. 3일만 빨리 그 통지서가 왔더라면 자살하지 않을 수도 있었을 텐데, 너무 안타까웠다.

▷ **예화 6**

또 40년을 미국에서 세금 내고 의무를 다하고 살았는데 하루아침에 한국으로 추방되어 인천공항에 버려진 여인,

공항에서 '세계 십자가 선교회'로 연락이 와 한밤중에 데리고 와서 돌봐주고 있다는 지금은 60대 여인이다.

고국에 와서 학원 강사로 20년 가까이 지냈는데 이제 병이 나서 죽을 날을 기다리고 있다. 기독교인이라 자살하고 싶어도 못하고 투석을 거부하며 투병을 하지 않고 병이 심해져 죽기를 바라고 있다.

이 역시 자살이나 뭐가 다른가.

3) 문제 해결책은?

실제로 사회적 범죄에 가담되어 파양 당해서 추방당하기도 하지만 법 제도 절차가 잘못되어 한국인도 미국인도 아닌 국적 불명의 인간으로 살다가 자칫 잘못 추방되기도 한다.

2001년 입양아 구제책으로 18세 이하 입양아에게 시민권을 부여하는 법이 통과되었으나 18세 넘은 입양인에겐 혜택이 없어 여전히 숨어

살고 있는 사람들이 많이 있다.

미국 시민권 없이 사는 입양인이 3만 명가량 되는데 그중에 2만 명이 한국인 입양아라고 한다.

금년 2020년 미국 하원의원 애덤스미스가 입양으로 들어온 모든 자에게 다 시민권을 부여해야 한다는 법안을 발의 추진 중에 있다고 하니 희망을 가져본다.

한국 정부도 이 문제에 관심을 두고 미국과 협의를 해 나가면 어떨까?

또한, 더는 입양아 수출국이 안 되도록 우리 국민과 정부가 함께 노력해야 할 것이다.

6. 희귀병에 대하여

(질문) 불치병, 난치병 등 이런 희귀병은 왜 생기나요?

1) 불치병의 고통

불치병 또는 난치병이라고 불리는 질병은 왜 생기는가?

사람들이 이미 지식적으로 알고 있는 질병도 고통스럽고 치료하려면 힘이 드는데, 세상 사람들이 원인도 알 수 없는 질병,

수없이 많은 종류의 병균 바이러스가 인간을 괴롭힌다.

그리하여 희귀병이라 일컬어지는 치료할 수 없는 난치병으로 고통을 받는 사람들이 지구 상에 많고 그들은 비참하다.

- 루게릭병

운동 신경 세포가 서서히 퇴화하여 온몸이 경직되었다가 호흡 기능이 마비되면서 사망하게 되는 질환으로 '근 위축성 축삭경화증'인데 발병 후 2~5년 이내에 세상을 떠나게 된다.

- 만성 신부전증

노폐물을 제거하는 신장 기능이 감소되어 정상적으로 회복될 수 없는 질환이다.

여러 해 전 수락산 아래 살던 내 친구가 신장암으로 죽었는데 그게 이 병이었을 것이다.

수술했지만 회복이 되지 않았다.

- 만성 염증성 질환

궤양성 대장염, 크론병, 베체드병 등인데 정확한 원인을 모르니 자연치료 방법도 없다.

- 백혈병

혈액 속 백혈구 성숙이 저해되고 약한 백혈구가 정상보다 많아져 생기는 종양성 질병이다.

- 진행성근이영양증

근육을 유지하는 단백질 결핍으로 팔다리 등 근육이 굳어져 결국 몸을 전혀 움직일 수 없게 되는 병이다. (식물인간)

- 부신백질이영양증

'로렌 조 오일'로 어느 정도 생명은 연장되나 수명은 짧다.

▷ **예화 1**

얼마 전 교육방송에서 '로렌 조 오일'이라는 실화 영화를 보았다. 희귀병에 걸린 어린아이 이야기였는데 가슴이 아팠다.

2) 로렌 조 오일

(줄거리)

미국에 사는 중년 부부 '오돈' 씨 가정에 '로렌 조'라는 5살 아들이 있었는데 어느 날 갑자기 이상한 행동을 하고 말도 더듬고 몸이 굳어져 병원엘 갔으나 A L D 라는 희귀병이라고 하며 원인도 알지 못하고 치료 방법도 없다고 했다.

태어나서 5살이 될 때까지 아무 증세가 없었는데 뒤늦게 나타난 것이다.

뇌 백질과 부신이 망가져 귀먹고 실어증과 시력 감퇴가 오고 음식을 삼키지 못해 나중에는 뇌신경 장애로 몸이 굳어진다.

이를 '부신백질이영양증'이라고 하는데 진단 내리고 몇 달에서 많이 살아야 2년 정도 살 수 있다고 했다.

그리하여 오돈 부부는 백방으로 노력했으나 그 원인과 치료법이 잘 알려지지 않아서 여러 곳의 도서관을 뒤지며 의학 공부를 하게 되었다.

인체에서부터 수의학, 생화학 등의 모든 자료를 뒤졌지만 뾰족한 방법을 찾지 못하였다.

그런 데다가 정작 의사들은 로렌 조를 실험 대상으로만 삼으려 하고 적극적으로 도와줄 생각을 하지 않았다.

그러자 의학 지식도 없는 오돈 부부가 직접 치료법을 만들기 위해 나섰다.

그러다가 올리브유 중 올레산에 그러한 지방이 있다는 것을 찾아내고 학자들에게 의뢰하지만, 돈이 안 되는 연구라고 난색을 표한다.

할 수 없이 오돈 부부는 직접 '트리글리세리드 형 올레산 올리브유'를 만들어 아들 로렌 조에게 먹이기 시작했다.

얼마 후 로렌조의 지방 수치가 50% 이하로 내려갔다. 그러나 더 이상의 진전은 없었다.

그때 도서관 사서의 도움으로 수의학 기사와 효소에 관한 자료를 얻었고 어느 날 꿈속에서 그 답을 생각해 내었다. 그럴 즈음 은퇴를 6개월 앞둔 한 생화학자가 이 부부의 얘기를 전해 듣고 발 벗고 나서서 그 부부에게 도움을 주어 올레산과 에쿠르산을 4:1의 비율로 섞은 오일을 만들어냈다.

이것이 바로 '로렌 조 오일'이다. 마침내 로렌 조는 발병 32개월 만에 지방 수치가 정상으로 되었고 건강을 되찾게 되었다.

그러나 단명하여 32살까지 살다가 떠났다.

그러나 5살에서 2년 더 살고 죽을 거라던 것을 그 부모의 지극 정성으로 치료제를 개발하여 25년이나 더 살았다. 이 영화는 실화로써 그 병명이 '부신백질이영양증'이라고 하는데 아직도 그 치료 방법은 더는 발전되지 않았다.

3) 기적에 살다

우리 동네에 존경하는 목사님 내외가 살고 계시다.

그런데 목사님이 희귀병을 앓고 계셔서 목회 생활을 할 수 없다고 하셨다.

나는 그 사모님을 20년 전에 동네 교회 새벽기도 때 만나 지금까지 교제해 오고 있다.

▷ **예화 2**

목사님은 총각 때 고생을 많이 했어도 그런대로 건강했었다.

그런데 결혼 후 얼마 안 되어 속이 불편해서 병원엘 갔더니 의사도 뚜렷한 병명을 모르겠다고 했다.

32세부터 시작됐지만 확실한 원인도 모른 채 수술을 할 수가 없어 7년을 고생하다가 통증이 너무 심해 그제야 수술을 했는데 너무 늦었다. 그 때 목사님이 희귀병인 크론병이라는 걸 알았다.

소장에 염증이 심해 수술을 했으나 출혈이 계속되어 재수술했는데도 피가 멈추지 않아 세 번째 수술 때는 소장을 많이 잘라 내어 겨우 출혈을 막았다.

보통 6~8m의 소장 길이가 세 번 잘라 내어 85cm밖에 남지 않아 의사는 수명을 장담할 수 없다고 했다.

그 후로 2개월에 하루씩 입원을 하고 검사를 해서 더는 병이 진전되지 않도록 힘썼고 영양실조가 안 되도록 사모님은 매일 영양 주사를 놓아 드린다고 했다.

그렇게 20여 년을 지내오는 동안에 서울 근교 작은 교회에서 몇 해 동안 목회를 하셨는데, 스트레스가 쌓여서 그만두고 최근에는 가끔 여기저기 초빙받아서 설교나 강의를 나가신다.

꽤 실력 있는 목사님인데 건강 때문에 실력 발휘를 못 하시는 게 안타깝다.

병원 담당 의사는 85cm의 소장 길이로 이렇게 오래 살고 있는 것에 놀랍다고 기적이라고 했고 목사님 내외분은 하나님의 은혜라고 했다.

거기에 사모님의 헌신적이 보살핌을 추가해야 할 것 같다.

–크론병

입~항문까지 소화관 전체에 걸쳐 어느 부위든지 발생할 수 있는 만성 염증성 질환이다.

대장과 소장 연결 부위(회맹부)에 발병하는 경우가 가장 흔하고 그다음으로 대장과 소장에서 흔히 발생한다.

(증상)

설사 복통 피고름 점액 발열이 나며 구토 증세가 있다.

식욕 감퇴로 체중이 감소하고 몸이 약해지는 무서운 병이다.

코로나19의 한 해를 겪으면서 많은 생각을 하였다.

지구가 몸의 통증을 호소하는 것 같았다.

벌써 지구는 아프다고 신음 소릴 냈지만 우리는 외면하였다.

상처가 나서 곪아 터져도 치료해 줄 생각을 안 했다.

온몸을 쑤셔대며 못살게 굴어서 몸살을 앓아도 모른 체하였다.

결국, 온몸이 멍들고 피투성이가 된 지구는 하늘에 호소하였다.

“살려 주세요”

그리하여 우주 만물의 주인 하늘이 움직이기 시작한 것이다.

지구를 살리는 길은 휴식이 필요하다.

자연치유가 되도록 가만히 놔둬야 한다.

그리고 그 지구 위 인간들이 대신 몸살을 앓아야 한다.

오랫동안 지구의 신음을 무시하고 외면했던 인간들이 고통을 겪어야 한다.

이제는 지구를 괴롭히지 않도록 경각심을 갖게 하는 의미로 이번 코로나 전염병이 나타난 게 아닐까 하는 생각이 든다.

이번 기회에 지구의 슬픔을, 지구의 고통을 알아야 할 것이다.

인간들의 어리석은 지식이 땅속을, 바닷속을 후벼 파서 대자연의 본래

모습을 훼손하고 좋아서 손뼉을 쳐대고 있었다.

나야 이제 늙어서 앞으로의 세상을 많이 볼 수는 없겠지만, 우리의 후손들은 계속 살아야 하는데 더는 자연을 못살게 굴지 말고 제발 자연을 벗 삼아 행복하게 살았으면 좋겠다.

인간들의 잘못으로 지구에 지각변동이 일어나고 우주의 질서가 파괴되는 날이 오면 지구가 끝이 나지 않을까 염려된다.

이미 북극 남극에는 기후변화가 일어나 얼음이 녹아 북극곰이나 펭귄들의 서식지가 무너져 내리고 있다는 학자들의 소식이 들려온 지도 오래되었다.

이번 책 제목은 코로나 시절 이전에 생각했던 거라 그냥 그대로 썼다. 다만 '코로나19' 한 해 동안 일어났던 사건 사고를 함께 적었다.

특히 힘든 시간을 지속해서 즐겁게 해 준 '트롯 열풍'에 감사하면서 감동을 받은 가수와 노랫말을 적으며 위로를 받았다.

〈부록〉 '하나님, 질문 있어요!'에서는 미국 사회의 고질병인 흑백문제, 유색인종에 대한 편견과 미국인들의 사고방식을 생각해 보았다. 또 아프리카의 빈곤과 질병에 관해서, 미국 입양아들의 불평등의식과 난치병인 희귀병에 대하여 하나님께 질문하였다.

멋지게 나이들자

펴 낸 날 2021년 03월 12일

지 은 이 秋空 이진재
펴 낸 이 이기성
편집팀장 이윤숙
기획편집 서해주, 윤가영, 이지희
표지디자인 장재진
책임마케팅 강보현, 김성욱
펴 낸 곳 도서출판 생각나눔
출판등록 제 2018-000288호
주 소 서울 잔다리로7안길 22, 태성빌딩 3층
전 화 02-325-5100
팩 스 02-325-5101
홈페이지 www.생각나눔.kr
이 메 일 bookmain@think-book.com

• 책값은 표지 뒷면에 표기되어 있습니다.
ISBN 979-11-7048-210-9(03810)